U0010288

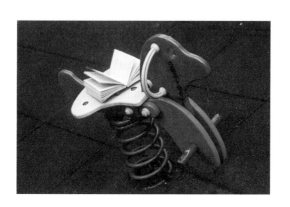

〔自序〕
我最寂寞的時候，身邊總有一本書。

我最開心的時候，身邊總有一本書。

我最難過的時候，身邊總有一本書。

我最高興的時候，身邊總有一本書。

我最孤獨的時候，身邊總有一本書。

我最幸福的時候，有人和我分享一本書。

我和閱讀談戀愛

新井一二三

卷一

星期日早上
的樂趣。

大失戀

　　國木田獨步的《武藏野》是大失戀的產物。他生於一八七一年，僅比夏目漱石晚四年，卻跟正經嚴肅的文豪大爲不同，一輩子被激情與稚氣燃燒了。

　　一八九五年，剛滿二十四歲的獨步在一個晚會上認識了佐佐城信子。十七歲開放、活潑的她，是東京日本橋大醫院的千金，母親又是個著名的社會運動家，從小接觸面很廣。純情的獨步一下子就被她迷住了。

　　按照他日記《不欺記》，那年八月十一日，信子主動約獨步，由飯田橋車站坐火車（今JR中央線）到郊區國分寺，散步到玉川上水小金井橋附近的森林裡去。當年，未婚男女單獨出去算是很大膽的行爲。那一天的經驗，獨步在日記裡寫是「不能忘記的」。

　　之前，獨步在不同的報社、雜誌社當過記者和編輯，也在九州大分縣教過書。充滿著理想的文學青年，他一方面信仰基督教，另一方面信奉社會主義，

同時對英國詩人華滋華斯的自然觀特有共鳴。不難想像，跟信子走在雜木林中，他聯想到華滋華斯或者屠格涅夫的作品而加倍熱血沸騰。

過幾年寫的小說《武藏野》裡，獨步把那天同走的朋友當作男性，也把路程顛倒過來，讓主人翁在武藏境站下車，向北走到櫻橋，然後沿著玉川上水櫻堤往小金井橋。在那幾年裡，獨步和信子的人生走了非常曲折的路。

年輕情侶的戀愛關係遭到了女方父母的強烈反對，使得兩人採取最極端的手段：私奔。可是，中途被信子的父親抓住，獨步一個人遠赴北海道遷到開墾地。在寒冷的原野，單獨面對嚴酷的大自然，他每天給戀人寫信，也寫日記。留在東京的信子被母親勸自殺，導致獨步確信「人生是戰爭」，讓信子跟父母斷絕關係，兩人終於舉行了婚禮。新婚夫妻開始在海邊小鎮逗子生活。但信子畢竟是有錢人的女兒，從小沒吃過苦，無法拿窮文人的一點點收入安穩過日子。不到幾個月，她就失蹤，給獨步造成特大的打擊；他差不多發了瘋。最後找到的信子躺在醫院病床上，獨步

也只好同意離婚了。

　　失去了愛人，他搬去東京澀谷住。現在NHK電視台所在的地方，就是他舊址。在《武藏野》開頭，他描述澀谷村秋冬的風景：北風呼嘯的森林、光禿禿的水稻田、冠雪的富士山。很難想像如今的繁華區僅僅在一百多年以前是偏僻的農村。

　　但是，坐幾十分鐘的火車去西郊，仍舊有跟當時一樣的大自然。於武藏小金井站下車，要麼坐公車或者徒步往北，不久就到玉川上水堤岸，乃東京人至今愛護的散步路。鬱鬱蒼蒼的森林中踏著泥土漫步，只要有過戀愛經驗，誰都會聽到那天獨步的心臟怦怦跳的聲音，看到信子的嬌態。兩邊種有櫻樹，因此有櫻堤的別名。春天開花的日子裡，美麗得簡直是人間天堂。獨步和信子偏偏在夏日來玩，被茶攤老太太嘲笑；她年紀大，不知道情侶有避開人群的習性。

無境界作家

　　《無境界人》、《無境界家族》的作者森巢博是職業賭徒。還不到二十歲，就已經開始出沒於東京的非法賭博場，至今大約三十年，他都在世界各地打賭混日子。

　　過去二十多年，森巢博一家住在澳洲，因為他妻子認為「國家對個人加以壓力、管理的程度，最輕的看來是澳洲」。森夫人是英國出身的思想史家，在學術界名氣很大，常到世界各地講學，在澳洲則屬於政府外交委員會。

　　他們之間的混血獨生子，從小由父親一手帶大，是母親工作非常忙，而且父母都主張男女平等的緣故。「妻子受壓迫的家庭，是丈夫也受壓迫的。除非妻子得到解放，丈夫也不會得到解放」他寫道。於是，除了育嬰以外，他也承擔了全部家務。由職業賭徒展開並身體力行女性主義，給人的感覺非常新鮮，乃森巢博作品特點之一。

　　還在英國的時候，全家經濟不寬裕，無法讓兒子上幼稚園。森巢博卻很有辦法；他跟十八個留學生組織了「幼兒玩耍集團」。來自十九個國家的十九個小朋友，每天輪流在不同家長的監督下，於校園內空地自由玩耍，比普通幼稚園好玩得多。但是，一上了小學，情況就很不同，同學們要欺負混血兒了。於是，舉家移民去澳洲，此乃比日本、英國都自由的國土。

　　小男孩轉學到澳洲以後，還是不喜歡上學。小學幾乎沒有去，初中也去得很少。可是，偶爾參加考試，他成績卻是第一名。尤其是數學的成績，不僅在全校、全市、全州、全國，而且在全世界英國聯邦內第一名。

　　原來，他是個數學天才。十五歲上了澳洲著名的新南威爾斯大學，十九歲則到英國讀劍橋大學研究院，二十歲時候去美國加州大學柏克萊教書，二十一歲就給國際投資公司以高薪聘請過去了。如今住康乃狄克的兒子，給澳洲的父親打電話說：「要不要遠征大西洋城賭博場？資金不夠？五萬、十萬（美元），我隨時會為你提供的。」

離開日本已差不多三十年的森巢博，一九九七年，以《賭博人類學》登上了日本文壇。描繪世界各地賭博場、賭徒面貌的同時，他展開的人生哲學緊緊抓住了日本讀者，尤其知識分子。他說：「應該做的事情，可以不做。不想做的事情，應該不做。想要做的事情，非做不可。人失敗，是努力的結果。不努力，則不會失敗。」表面上看來很不認真，森巢博倒是滿認真的。根據這哲學養大的孩子，從小曠課，十多歲就喝酒、抽菸、吸毒，但是所謂壞事全都試過以後，二十歲的國際數學家說：「不想再污染身體。腦袋清醒，人生才好玩呢。」由職業賭徒展開並身體力行的教育論，給人的感覺非常新鮮，乃森巢博作品特點之二。

　　把獨生子帶大後，森巢博恢復了職業賭徒的身分。每天凌晨三點鐘到六點鐘，別人最疲倦的時候，他固定到賭博場上班玩「牌九」去，往往贏幾萬，常常輸幾萬。贏多了，則去儲存或買珠寶。輸多了，則長期留在家中專門喝酒或釣魚（他住雪梨海邊）不出去。由職業賭徒講述賭徒生活，雖然不意外，但還是

很特別，若寫得好（如《無境界人》），會有小說般的味道，乃森巢博作品特點之三。

　　還在日本的時候，他做過編輯，出國後，卻長期忙於賭博和家庭生活。在老朋友鼓勵下，隔了多年，執筆出版的散文、小說意外獲得了好評。顯而易見，這些年來，他細讀過不少人文、社會科學專著的，尤其對於文化研究、後殖民理論等，造詣實在不淺。把這方面的學術理論深入淺出寫進娛樂文學中的，在日本沒有前例，給人的感覺非常新鮮，乃森巢博作品特點之四。

　　他說「拿著日本護照在海外生活，經常覺得很窘」，主要是日本政府把戰爭責任處理得不妥當的緣故。加上，戰後到現在的媒體報導以及學術研究也往往表露出民族優越感，引起別人的反感和嘲笑。他在文中重複說，民族、國家其實都是幻想的產物，至少在近代以前是未曾存在的。對於「日本文化」專家，他攻擊得最激烈，說人家好比在密室裡手淫一樣，根本沒勇氣面對世界現實。他自己，倒是過去三十年，天天面對世界現實過來的。早已離開日本，跟英國人

結婚，又移民去澳洲，如今改姓爲Morris，「森巢」其實是其日文音譯。由職業賭徒展開並身體力行國際化理論，給人的感覺非常新鮮，乃森巢博作品特點之五。（值得一書的是，他妻子發表論文時用的姓是「Morris——鈴木」。顯然，他們是互相交換了姓的；可見，身體力行男女平等的程度，確實非凡。）

森巢博其人、其作品，都很難以一言概括。他魅力就在這兒。文化人類學家今福龍太說：「日本書寫從未達到的自由境地，森巢博的文章似乎輕鬆地體現了。」

記憶

　　據說目前在法國最受注目的日本作家是小川洋子；已有幾本書翻成法文發行，有兩部作品準備拍成電影。她於一九六二年出生，九一年以《妊娠月曆》獲得了芥川獎，之後不停地發表作品，二○○二底問世的長篇小說《博士愛過的數學式》引起相當大的反響。

　　這是一部很奇特的小說，主要登場人物只有四個。主人翁是二十八歲的單身母親，有個十歲兒子，她被女傭介紹所分配到博士家去工作。他是六十四歲的數學家，十七年前出車禍而大腦受重傷，關於事故以後發生的事情，只會記住八十分鐘。每天早上跟女主人翁見面，都跟陌生人一般，然而對十歲男孩疼愛至極，取了個外號叫方根，因為頭頂形狀平得很像。博士的嫂子單獨在隔壁住，對三人之間逐漸發生的親密關係心裡很不平靜。

　　博士的記性好比是八十分鐘長的錄影帶；時間到

了之後，自動消掉而開始重錄。他自然不會進行正常的會話；始終只有兩種話題，數學與棒球。見到誰，他都一定提：「穿多少號鞋子？」「幾月幾號出生？」「電話號碼呢？」等等有關數字的問題，而任何數碼都會引起種種美麗的聯想。《博士愛過的數學式》好比是大人的童話，文中博士講述數學奧祕的場面，跟《愛麗絲夢遊仙境》（Alice's Adventures in Wonderland）一樣令人興奮。故事進入後半，有關職業棒球的討論多起來，因為博士和方根都是阪神猛虎隊的球迷。說實在，即使不是記憶失調，六十四歲老先生和十歲少男之間不大會有共同話題，棒球是難得的例外。

看著小說，我不時想起隔壁住的老先生。六年半以前，這棟公寓完成時，他七十出頭，剛關掉經營多年的診所，也賣掉房子，跟太太一起搬來隱居。太太說先生耳朵有些聾，居民開會等場合全由她出面。至於先生，除了一個人出去散步以外，似乎不大有活動似的。我們當初是新婚夫妻，後來生育一男一女，從懷孕到生產育嬰的每個過程，隔壁兩位應該比誰都清楚。前幾天，我帶兩個小孩回來時，老先生也恰巧進

電梯來，看著小女兒問我：「有兩歲嗎？」我回答說：「差不多了，真快。」然後，他看操縱板發現只有一個按鈕亮著，很意外地問我：「你們跟我住同一層嗎？」下了電梯，走到我家門口，他還是想不通似地自言自語道：「原來我們是隔壁鄰居。」

年近八十歲的人記憶出毛病，並不是少見的事情。樓下的老太太在電梯見到我們時清楚地知道是誰，可是一旦上街不僅忘記我們而且常常想不起自己要到哪裡去。隨著人口老化，如今每五個日本家庭當中至少有一個癡呆老人。隔壁老先生和樓下老太太，基本上還很健康，但是好像慢慢往另一個世界移動去。

在《博士愛過的數學式》裡，方根和母親給博士送一個禮物：早年名選手江夏豐的棒球卡片。搬進老人醫院以後，他一直把卡片掛在胸前。雖然記不住方根和母親，但是對自己壯年時代的英雄，他是一輩子崇拜的。

文末，博士的嫂子對主人翁說：「他永遠不會記住你，但是永遠不會忘記我。」原來，記憶是人格的所在，也是愛情的根據。

村上與大江

二〇〇二年秋天，日本文學界很是豐收。

九月十日，村上春樹作品《海邊的卡夫卡》問世，立刻上了暢銷書榜第一名，並在短短一個月內竟賣了五十三萬本，乃為一九八七年的《挪威的森林》以後，最成功的一本書。接著，九月二十五日，大江健三郎新書《愁容的童子》出版。這是二〇〇〇年作品《換取的孩子》之續篇，以擬私小說的方式回顧作者年輕時候發生的重大事件。年近七旬，寫了四十五年小說的諾貝爾文學獎得主，終於在本作品裡坦白了自己的「原罪」，即藝術衝動的來源，無疑非常重要。

我是讀完《海邊的卡夫卡》後，馬上開始看《愁容的童子》的。在前者最後，十五歲的主人翁田村卡夫卡離開了四國山林，要回東京去。作品中，四國山林象徵著黃泉（或者說，日本民族的集體下意識），東京則代表現世。整篇的主題是站在青春期入口的主

人翁為了擺脫父親（或歷史）的約束而離家出走，一時經驗暴力也接近死亡，但是嘗到絕望之後發現希望，最後走上人生之路。誰料到，在《愁容的童子》開頭，彷彿作者的主人翁，老小說家長江古義人（日語唸 Kogito，與拉丁語 Cogito 即「我思」諧音），跟田村卡夫卡恰恰相反地，離開東京而在故鄉四國山林定居下來。他的目的是總結自己的文學生涯。

也許，越是明顯的事情，越少有人指出。講到村上春樹在文學上的祖宗，大家都說美國作家 Kurt Vonnegut 就是。村上自己也經常說很少看日本小說，反而沉溺於美國作品。儘管如此，他早期作品《一九七三年的彈珠玩具》的書名，明顯取自大江小說《萬延元年的足球隊》。何況，「彈珠」的日語原文是「PINBALL」，「足球隊」則是「FOOTBALL」，完全押韻的。

在《萬延元年的足球隊》裡，大江講述一八六〇年在他故鄉發生的起義事件。在那兒深山的溝壑，從古代有個獨立小國，人們保持著獨特傳說，跟外邊權力重複發生過衝突，包括日曆萬延元年的一次。到底

是事實，還是虛構，很難判斷。反正，大江的不少作品，均以四國中部的深山溝壑爲背景，講述了日本近代史與作者本人的罪惡感。村上把田村卡夫卡潛逃的目的地定爲四國山林，應該有頌揚前輩作家的意思。

其實，看完《海邊的卡夫卡》，我確信，在大江之後，最有可能獲得諾貝爾文學獎的日本作家，就是村上春樹。

《朝日新聞》文化版記者，爲了分析《海邊的卡夫卡》暢銷的原因，訪問了三位評論家。其中，只有加藤典洋一個人說，《海邊的卡夫卡》是達到了國際水準的傑作。其他兩位則全盤否定它的文學價值，簡直一無是處。週刊雜誌《AERA》的最新號也半嘲笑地下結論說：「偉大的老一套。」這是大眾媒介的大毛病，即大家一起打出頭鳥。

當《海邊的卡夫卡》剛問世時，作家關川夏生寫：「如果這是純文學的話，那麼純文學眞不錯呀。」那句話代表了多數人的心聲，否則不會一下子就賣五十三萬本的。可是，世上小人眞不少。在經濟不景氣的文學界，村上春樹一個人獲得了大眾支持。這麼一

來，大家要一起打出頭鳥了。村上的處境叫人同情；在日本文壇，他向來很孤立。美國小說般的文體、當初沒得到芥川獎（文壇通行證）、《挪威的森林》爆炸性暢銷、海外評價頗高等種種因素，導致大家對他敬而遠之的。

不過，諾貝爾文學獎得主的處境也好不到哪裡去。在《愁容的童子》裡，老鄉們對名作家極其冷淡，甚至兇暴。雖然原因不單純，但是最大因素無疑是妒忌。真是「人怕出名，豬怕肥」的了。

在廣大讀書界，大江健三郎年輕時候曾很受歡迎，作品也相當暢銷。後來有一段時間，他文章越來越晦澀難讀，結果失去了不少讀者。當他獲得諾貝爾獎時，此間文化界竟流傳一則閒話說：那是翻譯者的實力。這些年，他的作品在日本，不再成為超級暢銷書，也不一定得到讀者、評論家的理解。上述的加藤典洋，在大江新作裡以真姓名出現。主人翁看到加藤解說《換取的孩子》的小文，說句「臭狗屎！」，然後把小冊子放在電爐上燒掉。

大江健三郎和村上春樹，國際上名氣最大的兩個

日本小說家，在本國文壇卻都靠邊站。在兩人新書裡，各自的主人翁在四國和東京之間換地方，我因而更加覺得意味深長。

夏目漱石
——二十世紀日本的「國民作家」

對廣大日本人來說，最熟悉的小說家無疑是夏目漱石。不僅他肖像這十多年一直印在最常用的一千圓紙幣上，而且大家從小看過他作品如《少爺》、《我是貓》、《三四郎》、《心》等等——或者至少一定聽說過。於是，二○○二年春天改版的初中「國語」教科書，同時撤銷所有漱石作品時，社會上的反響非常大。

日本學校的教科書，是按照政府文部科學省制訂的課程，由各出版社分別編輯，再經過文科省審訂，最後由各地教育委員會決定採用哪一本的。雖說原則上為自由競爭，實際上卻由幾個出版社長期壟斷全國市場；新開張去打入市場特別困難。例如，前些時，因右派史觀引起了國際風波的扶桑社版《新歷史教科書》，雖然審訂合格，而且在一般書店相當暢銷，但是幾乎沒被採用到教室裡去。至於初中「國語」教科

書，目前只有東京書籍、學校圖書、三省堂、教育出版、光村圖書的五種課本而已。

自從這一年開始，為了推行「教育寬裕化」政策，日本公立小學、中學的教學內容一律減少了三分之一。以前，每個小學生都得記住圓周率為「3.14」，現在只知道「大約3」就可以了。初中「國語」教科書一齊改版，也是為了配合新的課程。結果，赤川次郎、乙武洋匡、辻仁成等當代寫作者，以及松任谷由實、中島美雪等創造歌手的作品都入了選，卻沒有了夏目漱石、森鷗外兩個近代文豪的文章。評斷標準顯然是「易讀性」。

多年來，日本學校的填鴨式教育遭到國內外來的批判。然而，文科省終於推行「教育寬裕化」政策時，日本正面對著嚴重的經濟蕭條。大家擔心國家競爭力低落是否跟教育制度不行有關。有些人以為，現在減少教學內容，會導致國家毀滅。圍繞著「教育寬裕化」的爭論當中，小學的圓周率和初中的夏目漱石簡直成了兩個焦點。

《文學界》雜誌在二○○二年五月號刊登「撤銷

了漱石、鷗外的『國語』教科書」專題，其中問了四十九名作家、評論家有何意見。有趣的是，多數人回想自己的學生時代說：只要是教科書登載的文章，就一定會令人討厭，於是越好的文章越不應該強迫孩子們看！到底是文人的想法，跟普通家長或新聞記者不一樣。不少人又指出：五個出版社共同採用的兩個作品似乎散發著特定的政治、道德氣味，才是個問題。那兩篇必讀文章是魯迅的〈故鄉〉和太宰治的〈跑吧，梅羅斯〉。

不過，說到必讀文章，上了高中，就一定在課堂上看夏目漱石作品《心》，雖然教科書種類多達十四種。這跟二十多年前，我的高中時代一樣。想想漱石的寫作生涯其實只有二十世紀初葉的十年而已，這確實是天大的成就。

夏目漱石，本名金之助，一八六七年生於東京。是父母上了年紀以後有的孩子，當時俗稱「丟臉子」，為不傷體面，生後不久送到別人家寄養去了。那是一家舊貨店，晚上擺夜攤子的時候，把嬰兒漱石放在外頭籃子裡。親姐姐看見了覺得可憐，把他帶回

家來。父母卻給他找正式的養家，再一次送出去了。然而，養父母之間爭吵不斷，鬧離婚。金之助只好回到夏目家，但是繼續稱親生父母爲「爺爺、奶奶」，也長期用了養家的姓。

在二〇〇二年底問世的《閱讀夏目漱石》裡，評論家吉本隆明（乃小說家吉本芭娜娜的父親，七〇年前後曾以《共同幻想論》成爲學運分子的精神領袖）重複強調，小時候吃苦的經驗一輩子影響了漱石的作品。

例如，一九〇五年發表的處女作《我是貓》的主人翁，一隻無名貓，幾次給放棄都回到苦沙彌先生家來，令人聯想到作者早年的經歷。又例如，晚年一九一五年的作品《道草》是自傳性很濃的作品。文中，剛從英國留學回來的主人翁健三，任教於東京帝國大學期間，幼年的養父落魄得不成樣子出現於人前，勒索金錢。《道草》的另一個主題是夫妻不和。主人翁溝通能力很差，導致妻子歇斯底里發作。爲了不讓她自殺，晚上睡覺時用繩子綁住兩人身體。漱石終生患有神經衰弱，恐怕也是不幸的幼年時代留下來的烙

印。

　幼年時期的精神創傷，導致成年後的心理不平衡，是這些年很流行的小說分析法。一樣時興的性別、性傾向，吉本隆明都在同本書裡用上來。

　還在英國留學的時候，漱石寫篇〈倫敦消息〉寄給老朋友正岡子規主編的俳句雜誌《小杜鵑》。他們倆是中學、大學的同學，有一段時間在四國松山（乃子規的故鄉，漱石作品《少爺》的背景）同居過。明治時代的日本學生之間，類似於同性戀的感情交流相當普遍。近代日本文學史上，子規是俳句的改革者，漱石則是白話文創造者之一。同樣充滿文學激情的兩個青年，顯然有過非常密切的交流。〈倫敦消息〉的文筆生動滑稽，可以說是《我是貓》的前奏曲。

　夏目金之助從英國留學回來後，當上東京帝國大學講師。可是，一九〇七年，他放棄教職而加入《朝日新聞》，從此專門在報紙上連載小說了。時逢日俄戰爭結束後不久。在打仗年代，報紙天天報導戰況；一方面擴大銷量，另一方面培養讀者的國民意識。進入和平年代後，為了保持讀者，需要找代替戰況，每

天讓讀者期待進展的連載。於是《朝日新聞》以高薪聘請了夏目漱石。他至今擁有「國民作家」的地位，還是不無原因的。（不過，他卻沒有支持當年日本走的方向。《三四郎》的「廣田先生」，小說一開始就預言國家的未來道：「一定毀滅。」）

漱石是個複雜的作家。早期作品如《我是貓》、《少爺》等，很幽默、滑稽。然而，後期的作品，如高中生必讀的《心》，則相當憂鬱了。因為教科書篇幅有限，《心》一般只轉載最後三分之一而已，那是「老師」自殺前寄給主人翁的遺書。

《之後》、《門》、《心》，漱石重複寫了以三角戀為主題的小說。都是兩個好朋友看上同一個女性，主人翁奪取她而失去好朋友的故事。《心》的老師，結婚多年，一直為早年搶在朋友面前導致他自殺而感到內疚，於是活得悶悶不樂，最後自己也選擇自殺。

高中時候看《心》，我不懂「老師」的心理運作，後來也長期不理解漱石為何要寫這種題目。看了吉本隆明的《閱讀夏目漱石》後才明白，表面上看來三角戀的故事，其實真正的主題為同性朋友之間的忠

誠問題。

　　初中教科書撤銷了漱石文章，恐怕今後的日本學生很多都不會認識到滑稽、幽默的漱石，而專門要跟憂鬱的他打交道了。這實在太可惜了。

　　他作品當中，我印象最深刻的是輕鬆的青春小說《少爺》。他離開東京去四國松山中學教書的時候，老女傭「清」說，回來時請帶「越後竹葉團子」給她。實際上，四國和越後，方向完全不一樣。但是，「清」不知道。那一段落，我一直記得。幾年前，看獨身主義的中年作家關川夏央（乃得獎漫畫作品《漱石與其時代》之原作者）在一篇散文裡寫，他理想的女人是《少爺》裡的「清」，我特別驚訝，因為她不僅無知而且是個老女人；在小說結束，主人翁回東京時已經去世的。不過，最近有些學者指出，其實《少爺》是「清」死後，主人翁對她進行的松山報告。吉本隆明則說，「清」是漱石理想的母親。大概是小時候缺少母愛的小說家，長大以後在作品中塑造了充滿母性的人物，就是「清」。關川夏央自己的母親生前長期患有神經病的。看來，類似的經歷讓他看穿了漱石的心

理投影。

　　關於漱石作品的評論最近也不斷地出現。經得起重讀，經得起重複分析，乃偉大作品、偉大作家的標誌。近代的日本人，沒有《聖經》之在於西方般大家共識的宗教經典。能比得上莎士比亞之對於英國人，四大奇書之對於中國人的參照系，好像只有夏目漱石的一些作品。至少在二十世紀，一講到《少爺》的「清」或《其後》的「高等遊民代助」，多數日本人的腦海裡就有具體的形象了。我喜愛的作家森茉莉則說，少女時代憧憬《虞美人草》裡的「甲野先生」。那是較少有人看的小說，我都沒看過。但是，只要跑到書店去，廉價新潮文庫本的《虞美人草》就能買得到，而且是第九十九版的。

　　「教育寬裕化」政策推行以後，這情況會不會改變目前還很難說。不過，到了二○○四年春天，日本銀行將要發行新的一套紙幣，夏目漱石的肖像不再印於一千圓上了。從初中教科書和紙幣同時撤銷，雖說不謀而合，但也有可能意味著：夏目漱石從頭到尾是二十世紀日本的國民作家，跟二十世紀一起離開東瀛去。

文豪孫子

　　做文豪後代究竟是甚麼滋味？凡人既好奇又想像不到。夏目房之介的新書《漱石的孫子》提供一種答案。

　　夏目漱石（一八六七——一九一六）是近代日本頭號文豪，其作品如《我是貓》、《三四郎》、《少爺》、《心》一直被定為中學生必讀之書。一千圓鈔票印有他的肖像。夏目房之介是漱石的長男純一的長男，於一九五〇年，祖父去世後三十四年才出生。過去二十五年，他主要作為漫畫家活躍於傳媒界。

　　在日本，姓夏目的很少，加上房之介的名字令人聯想到漱石的本名金之助。文豪的孫子為何做漫畫家？世人充滿好奇心。房之介卻一貫保持「爺爺是爺爺，我是我，沒有關係」這種態度，直到年過半百，為了拍電視紀錄片赴倫敦而訪問整整一百年以前，祖父留學時代居住過的小公寓。

　　他寫：「我沒見過漱石。我父親——即漱石的長男

純一——九歲時，他早已去世了。當時，我連個生殖細胞都還不是。儘管如此，一進入那小小的房間，我就被莫名其妙的感情所襲了。由小窗戶往外看嚴冬草木枯萎的風景，我竟開始流眼淚。」

夏目漱石為人特別複雜。社會上，他是偉大的文學家；畢業於東京帝國大學，作為第一批公費留學生被政府派到英國去，回國後連續發表了多部重要小說和評論文。家庭裡，他卻是狂暴的丈夫、父親；跟岳家斷絕來往、一發作就對兒女動手動腳。他死後，妻室鏡子講述的《漱石的回憶》以及次男伸六撰寫的《父親·夏目漱石》都把不正常行為歸咎於心病。一方面，漱石的生長環境很不幸；從小給寄養在舊貨商，後來養父母鬧離婚把他送回夏目家，然而長期沒有恢復戶口。另一方面，三十三歲第一次出國，在倫敦遭受的文化震撼極其嚴重，結果引起了神經衰弱。

漱石的孩子，老大到老四全是女兒。漱石去世時，排第五的長男純一才九歲。幸虧，版稅收入不薄。他十八歲就去歐洲留學，在柏林、維也納、布達佩斯等地方學音樂到三十二歲，回國後做了東京交響

樂團首席小提琴手。他妻子三田嘉米子是豎琴手。原來，夏目房之介不僅是文豪的孫子，而且是兩個職業音樂家的兒子。跟一本正經在倫敦患上了神經衰弱的父親相反，音樂家純一挺適應歐洲式生活。據房之介說，他一輩子都懷念那段美好快樂的日子。

房之介就讀的青山學院是有產階級送兒女去的學校。每當老師在課堂上提到祖父，他都覺得很不舒服，甚至反感。他說：「一些著名小說家的後代亦從事寫作，我根本不能理解。跟偉大祖先在同一專業裡競爭，太不利了。」

大學畢業以後，他先在出版社當編輯，二十七歲時開始在《週刊朝日》發表漫畫，後來把工作重點逐漸轉移到漫畫評論上去，一九九八年獲得了手塚治虫文化獎。近幾年，房之介經常到國外去演講，題目為「漫畫表現論」，乃他一個人研究出來的「漫畫文法」。這些年在海外，對日本漫畫、卡通片感興趣的人越來越多，其中不少為學術界人士。本來自卑的房之介，開始以為自己在事業上的成就並不差於爺爺的。

　《漱石的孫子》引起了相當大的反響，一出版就重印，一個原因是作者第一次透露了夏目家四代人心理創傷之連鎖。雖然純一的個性跟漱石很不同，但是從兒子看來，他也是非常可怕的父親。房之介從小認為自己長大以後絕不該那樣子做。可是，他自己有了兒子，果然成為跟漱石、純一很像的父親；一生氣就蠻不講理，給兒子造成進退兩難的恐怖局面。叫房之介心情真正黯然的是，他長男麟之介對幼小的兒子也一樣施著心理暴力。他解釋說，面對兒子時太容易發現自己跟父親有一樣的弱點，因而加倍生氣。

　這種下意識的惡性連鎖，在心理學書本裡寫得很多。但是夏目家這般著名家族的成員，把家醜公開於世，倒是少見的。看來，做文豪後代並不好受。

故事與場所

　　酷暑跟十五號颱風一同過去，爽快的秋天已降臨於東京，街上慢慢散步的人又多起來了。這些日子在我家附近的增田書店，收款處旁邊一直擺著《文藝》雜誌《山口瞳》特刊。位於東京西郊的國立市，係政府指定的文教地區，除了一條林蔭大道，只有一橋大學等幾所學校而已。卻有很多人特意來這清靜的住宅區，為的是走走已故小說家山口瞳曾在作品裡描述過的地方。

　　例如，多摩信用金庫後邊的ROJINA茶房是他當年每天下午一定跟太太一起光顧的舖子；散文裡重複出現過的老闆，今天依然接待客人。若是特別熱心的書迷，只要離火車站走十五分鐘的路，就能夠找到至今掛有他名牌的舊居，現在遺孀和同樣當作家的兒子山口正介仍住在那裡。八年前去世的作家今年又忽然紅起來，反映著社會上的懷舊氣氛。一九六〇、七〇年代上班族家庭在郊區過的生活，由今天的讀者看來

非常端正健全。

　　文學散步也許可以說是日本的國民性娛樂活動。九月剛出版的《漱石兩小時徒步》介紹東京市區內幾條散步路，均跟夏目漱石有關。買了這一本，就能夠花兩個鐘頭走走文豪在小說裡講到過的地區，或者在現實生活當中常去的地方，例如早稻田、本鄉、淺草。兼備文學書和旅遊書的功能，這類出版物特別合適於爽快的秋天放進書包裡，穿上運動鞋出去。

　　不僅是東京，日本很多地方的名字，都有文學的聯想。說到伊豆，誰不想起川端康成的名作？津輕在多數人的腦海裡，首先就是太宰治的故鄉。還有，像兵庫縣蘆屋，當初做谷崎潤一郎的長篇小說《細雪》之背景，三十年後又做村上春樹早期作品之背景，有了多層的文學回憶。我每次到那裡，都強烈地感覺到走進文學世界之喜悅。何況周圍不少地名，如明石、須磨等，更追溯到一千年前的《源氏物語》，即世界最古老的小說。

　　生長在日本，又從小喜愛閱讀，我無論身在何處，都自動尋找文學的足跡。有虛構的故事投影於現

實場所，才令人覺得腳下的地基堅固可靠。所以曾在多倫多生活的時候，我始終覺得稍微不安，因為幾乎找不到以當地為背景的小說。文學界大紅人Margaret Atwood是女性主義作家，文筆犀利但不給當地情景加添以浪漫溫暖的印象。於是搬去了香港，我馬上到太平山、淺水灣等地方，要沉浸在張愛玲、韓素音小說的回憶裡。兩位的作品特好，因為拍成了電影，還有劇中音樂可以加強氣氛。我後來選擇在皇后大道東住，由於羅大佑的樂曲與錄影滿合適於香港回歸中國以前的慌張時期。

前些時到台灣，在朋友推薦下去宜蘭旅行，正好有溫泉區可以逗留，後來發現原來是黃春明《莎喲娜啦·再見》裡的礁溪，一時心裡很緊張。若在二十年前，有人問我世界哪兩個地方最不敢去，我會回答說是南京和礁溪的。在那裡待的幾天，實際上過得滿愉快、舒服；一來時代變了，溫泉區的氣氛早已不一樣，二來我們也去蘇澳，即《看海的日子》之背景拜了金媽祖。過去二十年，我一直掛念著女主人翁梅子的下落，到黃金媽祖保佑著漁港人民的廟宇進香，對我果然有巡禮聖地的意義，事後極其心平氣和的了。

惡夢的女人國

　　笙野賴子的新小說《水晶內制度》一問世就在日本閱讀界引起了強烈的反響。她是日本女性主義文學的第一把手，這次的作品以虛構的女人國為背景。

　　主人翁是彷彿作者的小說家。她在夢裡應邀移民到在日本境內宣布獨立的女人國裏出雲，從女性角度改寫日本神話。裏出雲號稱是女人的理想國；國民全是婦女，街上看不到男人。從政治家、學者到工人，所有職業全由女性擔任。成年國民要嘛是女女結合的一致派，或者是跟男偶結婚的分離派，但是兩者都排除性愛關係。主人翁在日本文壇經常遭到性歧視：議論被嘲笑，作品受忽視。在女人國受到尊重，她自然覺得很舒服、自在。

　　但是，從一開始，她就發覺裏出雲並不是單純的烏托邦，反而是瘋狂的邪教國家。國民經濟以核電站為中心，靠賣電力給日本生存。而且有一種特產品，在別的國家都是違法，惟獨裏出雲作為國家事業生產

而出口，顯然是跟戀童癖有關的。最後，女人國裏出雲內，其實有「男性保護牧場」。

笙野賴子的作品向來非常前衛，實驗性特別強，甚至猶如科幻小說。《水晶內制度》也不例外。當她描寫既像 UTOPIA 又像 DISTOPIA 的裏出雲之際，行間多次出現大粗體字印的尖叫聲「哇！」，一方面表示主人翁被洗腦時感到的恐懼，另一方面表示作者對自己想像的厭惡。雖然恐懼、厭惡，但她還是寫出特產品的具體內容以及「男性保護牧場」的情景。

裏出雲的菁英分子是幼小時候為特產品提供過身體資料的一批人。她們上的金花高校跟「男性保護牧場」鄰近。那裡的男性，大部分從來沒接觸過外邊世界；好比很小就給賣的雛妓一樣，所有知識技巧，全是為了娛樂客人而學的。外表內在都完全人工的樣子，非常可憐。作者描繪的其實是現實世界裡好多女性過的日子，一更換性別就顯得不人道至極。可見，笙野賴子對男女不平等社會的批判力特別強，使得早已麻木的讀者都非覺醒不可。

她認為日本的性歧視，最突出地表現在男性社會

裡彌漫的戀童癖。偶像該擁有「幼女的智力和初中生的肉體」。以這標準來看，成年女性簡直是廢物，如何殘酷對待都行。在《水晶內制度》，她進行報復。從日本買來的戀童癖罪犯給關在「男性保護牧場」裡，用來當金花高校學生的教材，一班人繼續觀察一個罪犯長達十年，最後由她們決定怎樣處理。

　　作者曾在《無所作為》、《我沒處待》等作品裡探討過日本女性很熟悉的疏遠感；社會本來就為男性設計，始終結構性地排斥女性。這回，她以日本為底片，洗出來了惡夢般女人國的照片。但是，裏出雲並非女同志國，性愛被法律禁止。主人翁回想，她小時候以為總有一天會變成男人。因為日本女人就像「男性保護牧場」的男人一樣不自然而可憐，她寧願做男人的。長大以後，身體仍然是女性，心理也是女性，但是在靈魂裡有了個「真正的男人」，乃少女時代的自我理想固定下來的。「真正的男人」尋求活動空間，當然求之不得，使主人翁深感痛苦。而她跟現實男性的來往，也因此不可能。

　　看到這裡，我想起自己的童年時代。每次被大人

問：「長大以後要做甚麼？」我都覺得很彆扭。對護士、公車售票員等次要角色不感興趣，但是周圍找不到女醫生、女司機等主要角色的典範。如果有的話，一定被社會扣上歇斯底里老處女等難聽的帽子。當年的我，好像也志願做男人，不知不覺之間，心中培養了個「真正的男人」。後來跟異性交往時經驗的重重困難，我一向弄不清其所以然，原來是那「真正的男人」作怪的。

《水晶內制度》的主人翁完成的裹出雲神話恢復女性尊嚴。她把靈魂裡的「真正的男人」做成人偶而結婚，但是不久主動毀滅，最後給他舉行葬禮。這時候，自己的生命也到了頭。小說以作者的尖叫聲告終。結尾，大粗體字寫著：「祖國萬歲。但是，哇！哇！哇！」

女明星之戀

一九五七年，三十三歲的作家和三十歲的女演員通過雜誌座談會認識，不久墜入了愛河。作家早就有妻室。

那是吉行淳之介以《驟雨》獲得芥川獎三年後的事情。他在文壇上小有名氣，已出過七本書。宮城眞理子則是當紅演員，收入遠遠超過情人。五九年，吉行夫人生下女兒。六○年，他拋棄家庭跟宮城同居，直到九四年因肝癌去世爲止。

《淳之介的事情》是吉行去世七年後，宮城眞理子發表的回憶錄。七十餘歲的老婦女回想跟情人過的半輩子，還充滿著少女般的戀情，讓讀者深受感動。

是的，直到最後，他們都是情人關係，因爲吉行夫人不同意離婚。老一輩女性的想法跟年輕一代可不一樣。既然不原諒丈夫，故絕不肯在離婚申請書上簽字蓋印。法律也保護了夫人的權利。根據《淳之介的事情》，作家每月給妻子女兒寄生活費，結果自己窮

得要命。別人猜想女明星養活他。實際上，兩人財務向來是分開的。甚至，在同一棟房子裡，生活的空間也一直分開，兩個不同的臥室裡，各做各的夢。

作家身體多病。年輕時候患過腸傷寒，也得肺病動過手術。還有，嚴重的哮喘病和皮膚病使他一輩子吃藥，最後導致了肝炎。體弱多病的藝術家患上精神病，是常見的事情。吉行有躁鬱病，心情不好時整天罵宮城，教她懷疑是否自己難看不被愛了。他也在院子裡燒掉很多東西，包括原稿、西裝等。

年輕時候，一起去歐洲旅行，宮城懷孕了。在陌生城市鐵路邊的醫院，做完墮胎措施的護士說：「是男嬰。」吉行用雙手抱起宮城，從手術台直接抱到二樓病房去，問了她：「你沒事嗎？」三十年後，她在書中寫道：「有他那一句，我覺得足夠了。」

得到了愛情，卻沒有法律地位，也不可生孩子。恐怕是這種處境促使宮城埋頭於第二個事業的。一九六八年，她在靜岡縣開辦了專收殘廢兒童的「合歡木學園」。本來不能上學的孩子們，來到這裡，就可以集體生活並受教育了。一方面在東京保持跟吉行的愛

巢，另一方面在靜岡當「合歡木學園」校長。光來回就需要五、六個小時，宮城的生活忙極了。作家給予精神上的支持。他卻不出錢，也不到現場看。據《淳之介的事情》，他生前只去了一次「合歡木學園」而已，且是在開辦的十年以後。

宮城發現了殘廢兒童的藝術才能。大腦不正常的孩子們畫出的作品極其美麗。「合歡木學園」同學的繪畫在日本各地給展覽。跟著，她把孩子們的生活拍成紀錄片。電影不僅在本國受歡迎，而且在外國得了獎。

吉行淳之介與宮城真理子的關係，可說是公開的祕密。令人覺得費解的，是中年以後，兩人在社會上的形象幾乎正相反。吉行以風致瀟灑聞名，連續發表性感的戀愛小說，外號叫作銀座帝王，連虛弱的體質都加強了浪漫文人的印象。相比之下，個子矮小的宮城全力為殘廢孩子們奮鬥的樣子，叫人佩服至極。

宮城不會喝酒，不懂得打麻將，當吉行去跟朋友們享樂之際，只有準備衣裳，揮手送行之分。連一起去歐洲旅行的時候，她都主動一個人提早回國，為的

是叫吉行自由出入紅燈街，通過實際體驗蒐集日後寫小說的資料。她甚至為那目的提供了一筆錢。情人去嫖妓，她並不是不在乎，分開以後一樣哭個不停的。但是，老一輩女人以為男人嫖妓是天經地義的事情。

　　看了《淳之介的事情》，我才有點明白兩人之間，確實與眾不同的愛情關係。書中，宮城重複自稱為「行動情緒旺盛的女人」。她很小就做孤兒，一個人在娛樂圈裡熬過來。三十歲生平第一次愛上的男人，她拚命抓住不放了。本來恨不得結婚，但一明白絕不可能後再也不提，反之馬上開始向另一個目標邁進了。好在吉行是誠實的情人。臨瞑目前，他以溫柔的聲音叫了一聲「眞理子」。如今在靜岡縣「合歡木學園」旁邊，有宮城建設的吉行淳之介文學館。

星期日早上的樂趣

　　每星期日早上，吃完早飯，從容不迫地打開報紙，喝著咖啡慢慢品嘗週末閱讀版，是我生活中不可缺少的樂趣。這幾年，家裡訂的有《朝日新聞》、《每日新聞》兩份報紙，都在星期日刊出閱讀版。不過，對愛書人士來說，《每日》的看頭較大。

　　《朝日》的「讀書」版，改版以後，把重點放在信息「量」上了。結果，書評篇幅很短，最長也不過一千字，其他則八百、五百字而已，只能介紹大體內容。好在刊登封面照片，去書店找書買時方便。但是，我看完全部書評以後，往往哪一部都不想買，因為印象太淡薄。這樣子，在三個版面上，總共介紹二十二本書。

　　相比之下，《每日》的「本週書架」，明顯重視信息的「質」。在同樣三個版面上，介紹的書只有十七本。但是，書評的篇幅長多了。每週登出的兩篇大書評，均有兩千字，好讓各位書評家發揮個性、寫作

本事。

　　跟《朝日》每年更換部分書評委員不同，《每日》書評則一直由同一批人執筆。其中，有目共睹的頭頭是老作家丸谷才一。他對西方文學的造詣很深，乃是日本少有的歐美式文人之一。丸谷才一不僅理智而且浪漫，最近評論義大利小說時，寫道：「這是兄妹倆互相妒忌的故事，看著叫人揪心。我幾次把書本扣在桌子上，嘆口氣，然後繼續看下去了。」

　　書評家如廚師。材料一定要好，但是手藝也一樣重要，否則做不出美味來。對像我這樣的書迷們而言，好看的書評跟一流餐廳的大菜一樣，看著不禁饞涎欲滴。丸谷才一好比是老字號食肆的大廚師。有他在，其他廚子也不敢偷工減料，炒出來的菜餚都有水準。

　　《每日》的「本週書架」，中年一代書評家也人才濟濟。自學成材的三浦雅士是前《現代思想》雜誌總編輯。除了哲學以外，他也深愛芭蕾舞（於是兼任《舞蹈雜誌》總編輯），寫起文章充滿朝氣，漂亮極了。

評論家川本三郎則有電影、都市、文學方面的著作多種，在「本週書架」，經常擔任非虛構作品的評論。我書架上的書，很多是他寫解說的。比如說，東京文學散步之類的題目，他就是第一把手。

還有上海來的比較文學專家張競，乃《中國戀愛文明史》、《中華料理文化史》的作者。關於中國的著作，由他評論最為可靠。前些時候，他極力推薦過棉棉的小說。

有綽號叫「建築偵探」的建築學教授藤森照信，對人文社會科學題目經常表現出卓見來，可以說是「旁觀者清」最佳的例子。他和解剖學教授養老孟司（在週日《每日》上寫「時代之風」專欄）是在日本書評界活躍的兩個自然科學家。

女性方面，有精神科醫生小西聖子。《朝日》「讀書」版有她同行香山里加，是由次文化雜誌《SPA！》登上了文壇的。香山特別愛弄激進詞語。相比之下，小西聖子溫和得多，語氣平靜而且女性化，也許因此才被丸谷才一等老男作家特別寵愛。不過，今日報紙的閱讀版確實需要至少一個精神醫療專家。

　　另外，生命科學家中村桂子、哲學教授左近司祥子等女性書評委員，也主要從專業角度介紹新書。《廣告批評》總編輯島森路子則大多討論大眾文化方面的書籍。

　　至於日本文學，以前有文學評論家向井敏。可惜，不久前去世了。東京大學副教授沼野充義，本來是斯拉夫文學專家。不過，評論日本小說，他也相當在行。

　　最近，村上春樹的新作品《海邊的卡夫卡》問世。首先，網上書店開始接受訂購。跟著，報紙上登了廣告。然後，每家書店門口都擺出來了大量書本，上下兩冊，都很厚。村上作品保證暢銷，印刷量大，價錢相對便宜，加起來三千多日圓（接近一千台幣）。我還沒拿定主意要不要買以前，已經賣光了。書店老闆說，下一批貨過十天才會進來。這麼一來，我忽然很著急，是否落後於人了？

　　那一段時間，報紙上一直沒有《海邊的卡夫卡》的書評。然後，同一個星期天，《朝日》、《每日》都登出來了。

《朝日》的筆者是作家川上弘美。我平時滿喜歡看她的書評，畢竟是個小說家，寫起文章很有味道。可是，這回，只有八百字的篇幅，爲了評論一部長篇大作，實在太短了。到底值不值得看，都沒有說清楚。

幸虧，還有《每日》的。沼野充義寫了兩千字的大書評，斷言道：「《海邊的卡夫卡》有時令人捧腹大笑，有時美麗得猶如天仙下凡，同村上其他作品一樣瀟灑，和黃瓜一樣酷，跟卡夫卡一樣神祕。情節發展可說已達到爐火純青的境地。雖說是上下兩冊的大作，但是一開始看就有意思得不容易停頓，保證一口氣能看到最後。最要緊的，這是讓人感動的故事。」

看到這書評，馬上跑到書店去，一下子買了上下兩冊。結果呢？他沒撒謊。《海邊的卡夫卡》眞棒。

人間彼岸

　　不知怎地，在日本，進入了晚年以後，女作家比男作家活躍得多。目前最活躍的歐巴桑是瀨戶內寂聽；早年的「子宮作家」，中年出家以後，繼續發表多數小說，也出版佛教散文，前些時問世的《白話版源氏物語》特受歡迎，所活躍的程度，很難相信是年邁八旬的人。還有歷史小說家永井路子、純文學作家河野多惠子、描繪老女人「戀慾」的岩橋邦枝等，真是不勝枚舉。

　　相比之下，跟她們同一代的男作家，很多已去世，或者早就不發表作品了。一九二一年出生，五五年以〈泳池邊小景〉獲得了芥川獎的庄野潤三算是少有的例外之一。近幾年，他講述日常生活的隨筆體小說很受歡迎，不停地在各文學雜誌上連載，後來都出書並重印幾次。

　　九五年，在《新潮45》雜誌上發表的《貝殼與大海之音》是這系列的開始。當時，作者快要慶祝結婚

五十周年，想到寫老夫妻過的日子。他採用的形式相當特別；類似於日記，每一項往往只有幾行而已。但是沒有寫年月日，猶如對老人來說，日期並不重要。結果，在每章約兩萬字裡，一個月的時間不知不覺之間，悠然又滔滔地過去。

第二部《鋼琴之音》，先在《群像》雜誌上連載，九七年出書。第三部《鶺鴒》則在《文學界》連載，九八年出版。之後，《山田先生的金鐘兒》、《鳥兒沖涼》、《兔子蜜蜜麗》等接踵而來，直到二○○二年九月出版的《孫子的婚禮》。

作品中講述的老年生活很少有變化。每年一月，去早稻田穴八幡神社拜年，順路到高田馬場「UTAH」咖啡館點烤餅，淋上很多蜂蜜吃時，夫妻一定相視而說「真好吃」。每年春秋看寶塚歌舞劇團演出，幾次去上野看畫展。每年秋分，太太做「萩餅」分給親戚、鄰居。每年十月，兩人回故鄉掃墓，投宿於大阪 GRAND HOTEL，在裡面的日本餐廳「竹葉」吃幾次鰻魚。

作家六十多歲時，曾患腦溢血導致左半身麻痺。

後來，經治療和訓練恢復了多半的機能。不過，從此跟太太兩人過的日子，無疑是「晚年」的了。

他們住在東京西南邊，位於多摩丘陵上的生田。任職於 HILTON HOTEL 的長子一家人住在丘陵下。在唱片公司做事的次子家則在讀賣樂園附近；坐電車幾個站就到了。兩個兒子均有一男一女，都在上學。住在山區南足柄的長女則有四個兒子，都已經獨立了。雖然她住得最遠，但是經常到父母家打掃，也帶來自己烤的蘋果派，乃父親的至愛。老夫妻的習慣是，一收到好禮物就分給鄰居或者長子、次子家。只有長女做的蘋果派，作家命令妻子說：「不要給別人。全都自己吃。」她時而寫來的明信片充滿幽默感，也為父母增添幸福。一定是吃完午飯後，還坐在食桌邊，太太朗讀給先生聽的。

老夫妻平時來往的範圍並不廣。除了三個孩子的家庭以外，就幾個鄰居，幾個老朋友而已。鈴木太太養玫瑰花送來；在隔壁獨住的老先生偶爾燉牛肉也送一鍋來。太太回送烤馬鈴薯、肉餅等。老夫妻常去的菜市場內，有賣水果的守君，出身於岩手縣。他推薦

的蘋果很好吃；老夫妻每天早上，吃完土司、咖啡後，就要吃蘋果、紅茶的。每年，到一定的時候，有些老朋友、讀者從日本全國寄來應時的水果、蔬菜、海鮮等。

自從腦溢血以後，作家每天出去散步四次，一天要走一萬幾千步。他有時順路去OK超市買菜。不過，在食桌上很熟悉的一些食品，如蕪菁，一到超市就想不起是甚麼形狀，只好請店員幫忙。平時，去銀行，買東西，都老夫妻在一起的。

至於太太，除了家務以外，還忙於養花。院子裡，一年四季都開的種種花兒，番紅花、櫻草、董茱、君子蘭等等，都是她一手照顧的。另外，進入了晚年以後，她開始學鋼琴，每星期去上一次半個鐘頭的課。其實，第三部的標題《鶺鴒》，是取自她練習的鋼琴曲名。很長很長時間，她一直練習彈〈鶺鴒〉。其他曲子都練完了，只有〈鶺鴒〉，老師不給及格。結果，那一年，這首鋼琴曲，成了庄野家的固定配樂。

每天晚上，洗澡睡覺以前，老作家一定吹口琴。

每晚三首，開始的兩首由太太陪唱，最後一首則是口琴獨奏。曲目隨季節而變。春天吹〈春季小河〉，夏天吹〈暑假〉，秋天吹〈紅葉〉，冬天吹〈故鄉〉。老夫妻的生活，富於季節感。先生每天記錄院子裡看到的鳥：繡眼鳥、斑鶇、灰涼鳥，作為季節的標誌。

庄野潤三的隨筆體小說裡，幾乎不發生不愉快的事件。這是他進入晚年以後的寫作態度。跟誇張人性黑暗面的眾多流行小說比較，庄野作品實在不刺激，然而越看越像人間天堂，或者說，幸運的老年人方能達到的人間彼岸。

卷二
少女的書架。

外貌

　　高個子、長頭髮、鵝蛋臉，小說家川上弘美是十足的美女。一九九六年，當《踏蛇》獲得芥川獎之際，舉辦單位登在報紙上的全版廣告裡，她照片幾乎跟真人一般大，好比她是個超級模特兒。後來，常有機會在平面媒體上看到她，我逐漸發現她個子高得有點不尋常。

　　有一次，她跟另一名女作家田口藍迪對談，兩人合拍的照片，簡直是《格列佛遊記》裡的大力士與小矮人。至於她跟兩個男作家進行三人座談時，攝影師特地叫她站在階梯最下面，而請兩位先生站在上面。那樣子大家的高度才保持了平衡。然而，她身材長度實在突出，是不管怎樣都無法掩蓋的。跟兩個矮男人相比，恰似日本傳說中的妖怪蛇女了。

　　那當然是她早期作品引起的聯想。蛇變人、人變青蛙，有個評論家曾指出。川上弘美的小說通過古老的遠東民間故事卻接近卡夫卡的荒謬世界。

　　年底，新潮社的書籍廣告有兩個女作家的肖像：江國香織和川上弘美。江國是經常在時裝雜誌上連載戀愛小說的紅作家。純文學出身的川上弘美能夠跟她爭位置，真是不容易了。

　　我覺得很有趣，因為兩張肖像散發的氣氛可說正相反。江國香織雖然也是美女作家，而且年紀比川上小幾歲，可是這些年發表的照片越來越散發悽慘的氣氛。猶如在她寫的小說裡，居住大都會的女性們，無論如何掙扎都只能越來越疲倦一樣。相比之下，已經四十五歲的川上弘美倒好像克服了現世年齡的約束。她越看越像古代女王的雕塑，永遠不會衰老。

　　通俗小說作家跟現實融合，純文學作家則超越現實。不僅作品內容如此，而且她們的外貌都如此。

　　川上弘美是很不可思議的作家。御茶水女子大學理科畢業生，曾經於田園調布雙葉女中教生物學。那是皇太子妃雅子的母校，名門淑媛的躲藏處。後來結婚生育兩個孩子，三十六歲才正式踏上了文壇。據她最近在晚報上發表的日記，還擔任孩子中學的家長會幹事。超模般外貌背後，其實有這麼豐富的人生經

歷。怪不得，她作品世界千變萬化，始終不讓人捉住。

她開始受廣大讀者歡迎是二〇〇一年發表《老師的提包》以後的事情。中年女人和老年男人的戀愛，別的女作家也寫過。可是，由川上弘美執筆，才出現了神話一般的故事空間，對多數男女起了精神治療關係。

我非常喜歡她新作《看樣子發光的東西，兩個》。十六歲男生江戶萃跟單身母親愛子和祖母匡子一起住。生父大鳥是無業遊民，多年前就已跟靜子分手，還是經常造訪江戶家。在學校，萃有兩個好朋友：跟他有性愛關係的女生平山水繪以及想要扮女裝的男生花田。班主任北川老師教文學。這幾個人展開的青春故事，從寫實主義的角度來看明顯缺乏現實感，然而看完全部以後，我大腦的某一角落似乎永遠被那幾個人佔領了似的。好比他們是古代女王兼巫婆川上弘美使魔法派來的小矮人。

超模、蛇女、古代女王、巫婆、生物老師、母親、家長會幹事。兼任這麼多角色的女人，她的真面貌是出色的小說家。

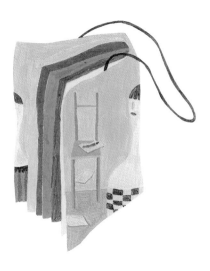

傻瓜

前些時在晚報文化版上，看到報導文學家吉岡忍寫的一篇文章。他說，這些日子去日本各地，總是遇到有人破口大罵。要嘛兩個家庭主婦在下午的連鎖咖啡廳，扯開嗓門說著小學老師的壞話，或者一群上班族在深夜的居酒屋，大聲臭罵著老闆、顧客。他擔憂，那些男女完全旁若無人，看起來根本沒忌諱，甚至認為「除了自己以外，世上全是傻瓜」。年過半百的報導文學家下結論說，曾作為戰後日本社會兩大基礎的社區和公司，過去十多年裡雙雙崩潰，人們既沒有了歸屬感又失去了道德觀念。對這國家的未來他看不到希望。

我自己不至於那麼悲觀；崩潰會是創造的開始。不過，吉岡所提到的「除了自己以外，全是傻瓜」式的心態，確實彌漫在今天的日本社會。

比如說，養老孟司寫的《傻瓜的牆壁 (バカの壁)》銷量已超過三百萬本，應是多數讀者認為「除了自己

以外，全是傻瓜」，每天生活中到處撞上牆壁，因而
買來碩學的著作，希望他會幫忙洩憤的緣故。

標題中包含「傻瓜」字樣的書籍，好像是十多年
前，美國的電腦指南書開始的。日本人學得比較晚，
這兩年才出現了《傻瓜的閱讀技術》等書，給養老的
書開闢暢銷道路。聽說，《傻瓜的牆壁》這書名，雖
然取自二十年前的老文章，這回卻由新潮社編輯重新
找來，請作者引申說明經過口述筆錄完成了一本書
的。

養老孟司是誰？

他是一九三七年出生，東京大學醫學院畢業的解
剖學家，現任北里大學教授、東京大學名譽教授。畢
業於醫學院而選擇天天解剖屍體的是甚麼樣的人，超
過我的想像力。更非凡的是，他多年來一方面默默解
剖屍體，另一方面研究哲學，而且從不放棄小時候的
愛好：採集昆蟲。他結合生物學和哲學的獨特文章，
當初刊登在《現代思想》雜誌。一九八九年《大腦論》
一書問世，轟動了日本出版界；文中斷定「心靈是大
腦的功能」，永遠改變了此間知識分子對人的理解。

之後，他的散文、書評、時評，經常出現在各報章。前陣子，我也看到他做NHK教育台兒童科學節目的嘉賓。不過，新書賣三百萬本，比村上春樹多好幾倍，莫非傻瓜一詞起的推銷作用。

在《傻瓜的牆壁》裡，養老孟司滔滔不絕地從希臘哲學談到現代語言學，從英文冠詞到職業棒球，從教育政策到宗教對立。處處可見卓識，很有說服力，但不容易消化，更無法以一句話概括。標題《傻瓜的牆壁》指：人的大腦只理解自己願意或能夠輸入的資訊。回想高中上數學班的經驗，恐怕大家同意確實有那麼個界限，那麼個牆壁。換句話說，每人都是傻瓜，只是程度不同而已。

三百萬消費者當中，究竟多少人看完了整本書，多少人明白了主要論點，都不得而知。記得中學時候打開看蘇格拉底的《辯白》，他重複主張「我至少知道自己不知道」，那時我第一次理解到知識的意義。說不定《傻瓜的牆壁》對今天自大的日本人會起類似的作用，但願如此。

少女的書架

　　《人間失格》的作者太宰治一九四八年六月跟情婦山崎富榮雙雙跳河自殺時，留下的孩子總共有四個：正室津島美知子的一男二女，以及《斜陽》的模特兒太田靜子的女兒治子。其中，次女津島佑子和太田治子，於四七年一前一後地出生，父親死時才一歲，長大後均成爲作家。今天都過了五十歲，太宰的兩個女兒仍在文壇上活躍，正如他作品直到今天是日本青少年必讀之書。

　　尤其津島佑子，可以說是中年一代女作家當中的代表人物，除了不停地發表小說以外，善於寫文學評論，也積極參加跟外國作家的交流活動等。她最近問世的《快樂的書架》，各報紙書評版給的評價很高。《快樂的書架》是長篇散文。作者回憶從小看過而印象深刻的種種書籍。

　　她長大在戰後不久的東京，懂事時，父親早就不在了。母親是東京女子高等師範學校（現御茶水女子

大學）畢業的才女，對於孩子們的教育特別熱心。她把才兩歲，還墊著尿布的佑子送到音樂教室，希望女兒將來成為著名音樂家。然而，她明顯缺乏才能，五歲時只好退學。跟著，母親鼓勵她看居里夫人的傳記，也買來顯微鏡和解剖工具等，希望她將來成為傑出的科學家。可是，她也沒有這方面的興趣，反而上了小學以後，經常躲去圖書室，濫讀小泉八雲、上田秋成等的鬼怪故事。因為父親是臭名昭著的小說家，所以母親要孩子遠離文學而接近其他科目，但是小女兒偏偏喜歡文學，真是有其父必有其女。（在日本，父親的文學事業一般都由女兒繼承。）

「幼小時期去附近的廟會，站在雜耍棚外邊的感覺，跟我對『文學』的感情是相重疊的。從帳篷入口透出來紅色炫目的燈光。在旁邊招攬生意的男人，抑揚頓挫地重複講同樣詞句。我猜想帳篷裡頭會有長頸人、單眼人，或者母親講過的山姥等。過來吧，跟我們做同夥啦，你想逃走也不可能，他們似乎在說。帳篷的炯炯燈光跟那聲音一起綁住我不讓走。」

從初中到大學，她都讀教會女校。學生們對修女

的生活充滿好奇心，關於靈與肉爭論不休。只要是學校禁止的書，她們都爭先恐後地去看。例如，紀德的小說或石原慎太郎的《太陽的季節》。津島佑子寫，在她而言，對於性的好奇心就在文學的入口。接著，她介紹當年給吸引的「危險作品」。

首屈一指的是莫泊桑的〈漂亮朋友〉，乃美貌主人翁玩弄一系列女人的故事。還有，同一個作者的〈一生〉。現在看來是嚴肅文學中的經典，但對四十年前的女中學生來講，簡直是黃色小說。「我純粹想看下流得讓心臟噗通噗通跳的描寫」，像結婚初夜。日本作品方面，她看了十七世紀，江戶時代的作家井原西鶴的《好色一代男》、《好色一代女》、《好色五人女》。連世界最古老的小說《源氏物語》，都在尋找性刺激的過程中看了現譯本。

《快樂的書架》得到好評，主要因為作者直率地談論文學與性的關係。十多歲男孩對性的興趣，很多作家在回憶青春的文章裡寫過，如查詞典找性器官的名字。然而，十多歲普通女學生的性慾，很少有人以自己的經驗寫過。四八年出生的津島佑子屬於日本俗

稱「團塊世代」的嬰兒潮一代。他們的性觀念很保守。記得二十年前，我讀大學的年代，有一次因被「團塊世代」記者問：「女人有性慾嗎？」而大為吃驚。原來，他結婚多年都沒搞清楚妻子是有性慾的，更絕不會想到中學女生看莫泊桑小說而受刺激。

　　過去二十年，黃色文章不僅在成人女性雜誌而且在少女雜誌上都氾濫。為了尋找性刺激，女孩子們再也不需要耐心看小說了。其實，我的中學時代，大家偷偷地傳閱了藏在塑膠袋裡的成人女性雜誌如《微笑》。看著《快樂的書架》，我倒想起了，更早以前，母親談到司湯達爾《紅與黑》時候的表情與語氣；好像她心臟曾噗通噗通跳過的。

「私小說」的「私」

　　二十一世紀初的日本，處處出現男女角色顛倒的現象。文壇上女性「無賴派」飛揚跋扈也算是其中之一。

　　最近，作家中村兔舉行了新書發表會。舞台上，在她背後，林立了數個高大英俊的牛郎們。本來寫少年幻想小說的中村兔，幾年前作為「購物女王」登上了主流媒體；每週在《週刊文春》等雜誌上，實況報告瘋狂購買名牌服裝，浪費導致給稅務局扣押版稅、稿費，去看精神科醫生的異常日子。跟年少的香港人再婚以後，她改做了「牛郎吧女王」；聽說，如今夜夜都光臨東京鬧區的牛郎吧，打開高價粉紅色香檳酒，慷慨花掉巨額「小費」。

　　溺於酒色，並引以為榮的「無賴派」作家，二十世紀也可不少，然而全是男性。他們的新書發表會上，曾出現過銀座、新宿的吧女，甚至妓女。中村兔的所作所為，基本上就是顛倒男女角色。

　　無論是男性還是女性，「無賴派」屬於「私小說」系統，主要寫自己的人生。例如，在《人間失格》裡寫了嗜毒、殉情未遂等經歷的太宰治，或者在《火宅之人》裡幾乎實況報告了婚外情的壇一雄等。越是可恥的人生，越引起讀者的好奇心，因而商業上成功。

　　二十一世紀的女性「無賴派」，走的也是同一條路。吸引中村兔讀者的並不是她文章，而是她的行為。這類女作家，還有室井佑月、內田春菊等。室井從賽車場女郎、銀座吧女翻身為寫作者，跟已婚作家高橋源一郎談戀愛、結婚、生孩子後，馬上離婚，如今作為「單身母親作家」經常出現在女性雜誌上。漫畫家、搖滾音樂家出身的內田，在小說裡講述小時候重複給繼父性虐待的經歷。她也公開承認了孩子的父親不是丈夫，後來離婚、再婚好幾次，都在作品中公開報告詳細過程。這些「無賴派」女作家真是令人離不開眼，小部分由於她們的文章有娛樂性，大部分由於其行為不正常。

　　當然，女性「無賴派」當中，也有文筆突出的柳美里等人。只是，以親身經歷為主要題材的作法，似

乎無例外地導致作者自滅。

　　看二十世紀男作家的例子：太宰治最後跟情人雙雙服毒跳河而死，不久問世的《人間失格》成了他作品中最暢銷的一本。檀一雄得了癌症以後，在病房裡口述《火宅之人》最後一章。作者去世後出版的單行本，馬上成為暢銷書。可以說，都是拿生命來完成了代表作的。

　　水村美苗的《本格小說》，由我看來，是二〇〇二年日本最成功的一部小說。日語「本格小說」是「私小說」的反義詞，指著十九世紀西方小說一般，由作者創造獨立小宇宙式的作品。水村在六十多萬字的長篇作品裡，一方面討論為甚麼近代日本文學界老給「私小說」壟斷，另一方面要寫出以戰後日本為背景而能跟《咆哮山莊》相比的「本格小說」。難能可貴的是，兩個嘗試都基本上成功了。

　　文中，她寫：「當然，小說家寫自己人生的小說，或者看來如此的小說，在任何語言裡都有。而那種小說，無論用哪個語言寫，都顯然最容易具有『真實之力量』的。因為箇中有一個人的人生本身。因

而，無論用甚麼語言寫，小說家都得經常而永遠地克服一種誘惑：與其賣自己的文章，寧願賣自己的人生。何況，我們人類，無例外地，對別人的不幸，比對別人的幸福還感興趣。所以，小說家得經常而永遠地克服的最大誘惑是：想賣自己的不幸。在這意義上，對小說家來說，最大的不幸是：在他（她）寫作的地方，社會上以為，小說家販賣自己的不幸是文學行為。」

　　接著，水村討論，為甚麼在日本，「私小說」特別隆盛。她懷疑，是否跟日語的結構本身有關。比如說，日語的第一人稱是「私」，其涵義始終很私人，而不會有英文「I」那般，超越個人之抽象「主體」的意思。因而，用日語寫的小說，即使採用了第三人稱，讀者老想起具體的作者或「私」，而見不到由「寫作者」這主體所建築的小宇宙。

　　也許因為在美國的英文環境裡長大並受了教育的緣故，水村美苗對日語、日本文學，都具有與眾不同的態度。她的上一部作品是，日英雙語小說《私小說 from left to right》；前一部的處女作則為日本近代文

學之父，夏目漱石絕筆《明暗》的續篇《續明暗》。

　　《本格小說》的後一半，乃超越階級和時空的戀愛故事，好看得確實能跟《咆哮山莊》相比。同時，作者展開文學論的部分也相當有趣。如果一百多年以前，明治時代的日本人，把白話第一人稱劃定爲「我」而不是「私」，後來「私小說」會一樣隆盛嗎？二十一世紀初的今天，文壇會有一樣多的女性「無賴派」嗎？眞是教人聯想不盡。

活盡生命

　　一般來說，看了同一個作家寫的幾本書，就能知道他（她）作品的大體傾向。瀨戶內寂聽的著作，我書架上有好幾本。但是，對她作品的全貌，我只能說遠遠沒有把握。畢竟人家的寫作量多得驚人，據說已經超過了四千萬字。光是二〇〇二年，她正滿八十歲那年，十六本著作問世了。出版量之多反映著作品受歡迎的程度。近年代表作《今譯源氏物語》共十卷，竟賣了二百二十萬本。

　　瀨戶內寂聽，本名晴美，一九二二年生於日本四國德島市。東京女子大學畢業以後，通過相親結婚，跟丈夫去北京生了女兒，戰後一年方回日本。二十六歲時，和年少男人談戀愛私奔，不久卻分手，開始寫少女小說餬口。三十五歲時，以《女大學生曲愛玲》獲得了新潮社同人雜誌獎。同年在《新潮》月刊上發表的〈花芯〉被批判為黃色小說，作者則給扣上了「子宮作家」的帽子，事後幾年都無法在嚴肅文學刊

物上發表作品。她卻不灰心，埋頭寫出一系列女性評傳，在通俗雜誌上得到了好評。

　　我剛上大學的時候，曾有一段時間集中看過她當時的作品。明治時代即日本近代初期的傑出女性，如小說家田村俊子、岡本加乃子、革命家伊藤野枝、金子文子等人的生涯，我都首先在她作品裡認識的。《田村俊子》、《加乃子撩亂》、《美在於亂調》、《餘百之春》，我一本接一本地看下去。現在回想，那些作品可稱為日本女性史早期的成就，對我起了啟蒙書的作用。然而，作者在女性主義圈子裡卻不受重視，也許是〈花芯〉事件作祟的緣故。

　　當時，她已經出家在京都嵯峨野開了「寂庵」。三十幾到四十幾歲時，她跟好多男人談戀愛、同居，其中不少為有婦之夫，分手後常寫成私小說發表。以奔放私生活聞名於世的女作家，五十一歲突然出家而剃光頭髮，一時轟動了日本社會。前輩作家兼和尚今東光，當了她在佛教上的導師。出家以前，有一次，她請導師在和服內衣上用墨水寫字，導師問她要寫甚麼，她回答說：「戀之重負」。

她前半生醜聞不斷，後半生卻面目一新。尤其五十三歲患了腦溢血以後，更加精力旺盛地從事宗教、社會活動了。當初，仍舊用「瀨戶內晴美」的名字寫文章，作爲尼姑才用法名「寂聽」；久而久之，兩方面的活動逐漸合一，後來專門用「寂聽」了。京都的「寂庵」成了全日本傷心女性的麥加。她們認爲，曾有豐富戀愛經驗的尼姑，最能理解失戀的苦楚。牽涉到刑事案件而在社會上受了指責的名人，從藝術家到大企業幹部，個個都去京都找她了。六十四歲時，她跟原日本赤軍派幹部，死囚永田洋子的往返書信集問世。

　　在「寂庵」舉辦的法話會，常常有上千人老遠來聽。六十五歲時，她兼任了日本東北地區岩手縣天台寺方丈以後，來訪問的善男信女爆發性地增加。如今天台寺的法話會每次都有一萬個聽眾。自然而然，佛教方面的著作多起來，並受歡迎。六十六歲，任職敦賀女子短期大學校長，爲期四年。一九九一年，六十九歲時，爲了反對波灣戰爭，公開絕食七天。同年，帶捐款和支援物品訪問了停火後不久的巴格達。

　　普通人大多已退休的七十高齡，她開始今譯《源氏物語》。這部日本古典文學長篇傑作，二十世紀前中葉曾有三個作家今譯過，即與謝野晶子、谷崎潤一郎、圓地文子。臨近世紀末的一九九六年，她七十四歲時，講談社版的《今譯源氏物語》開始印行，兩年後，最後一卷（第十卷）終於出版，馬上成了超級暢銷書。

　　剛登上文壇時期，曾跟大獎不沾邊兒的老作家，到了七十歲，以小說《問花》獲得了谷崎潤一郎獎；接著，七十三歲時，《白道》獲得藝術選文部大臣獎；七十五歲，她作為文化功勞者，被日本政府表彰功績，並跟天皇、皇后共餐了。她在一篇散文裡寫，皇后其實是她佛教小說的老讀者。

　　瀨戶內寂聽如今已經八十歲，對反戰和平運動仍舊熱心。面對這次的伊拉克危機，雖然年邁不能再絕食，但在網路上發表緊急聲明表示堅決反對美國攻擊伊拉克。

　　去年出版的十六本書，有些是舊小說重印，有些是佛教散文，也有些是對談。其中，跟九十歲高齡的

日野原重明醫生進行的對談《活盡生命》，社會上反響非常大。另外，小說《釋迦》也獲得了好評。目前，除了從事宗教活動以外，她還在幾份報章上連載小說、散文。

　　這麼厲害的一個人，我自然不可能對她事業的全貌有把握。但是，很多人喜歡看她文章，我也可以理解。她一方面有豐富的人生經驗，另一方面有宗教修養；當人們在生活中面對困難的時候，想要求助的對象，就是她那種人。其實，我自己也有時候打開《寂聽觀音經》，希望找到人生祕訣。

黑暗的安魂曲

如今在日本，我最信賴的書評家是《每日新聞》閱讀版的三浦雅士。他是自學成材的評論家，曾擔任《現代思想》總編輯，學識淵博的程度令我聯想到中文世界的南方朔、董橋等文人。除非他極力推薦，我本來不會主動去看剛問世的小說《醜怪》（Grotesque）。作者桐野夏生今年五十二歲，乃目前在日本最受歡迎的女性推理小說家之一。九八年，她小說《OUT主婦殺人事件》被提名為直木獎候補作品，然而選拔委員破例發表共同聲明說：作者的道德觀念過分敗壞，不合適於擁有社會影響力的文學獎去宣揚。那是四個中年女人為錢從事拆毀屍體的故事。雖然名落孫山，但是桐野夏生一下子出大名，從此享有黑暗小說女王的地位了。

這些年在日本暢銷的娛樂小說當中，有相當一部分可劃為黑暗小說：悲慘案件一個接一個地發生，到了最後都看不到希望。這類小說是當前黑暗社會氣氛

的產物。我自己認爲藝術應該讓人看到希望，否則跟黑魔術一樣，會導致世界破滅，於是對桐野夏生敬而遠之，直到有一天打開《每日新聞》，發現三浦雅士強力推薦著她的新作《醜怪》。

　這是取材於現實謀殺案的小說。一九九八年三月，東京電力公司的高級研究員渡邊泰子在澀谷一間空房裡被殘殺，原來她有令人驚訝的雙重身分，每天下班後都變成野雞，最後給嫖客謀殺的。三浦寫道：桐野在作品裡採用多數講述者，由不同人的立場解釋案件發生的種種背景，使得總共五十八萬字的長篇小說特有力量。三浦也說：《醜怪》可稱爲「冷酷無情（hard boiled）」小說的樣板。

　關於同一宗案件，報導作家佐野眞一發表過《東電女職員殺人事件》，在前記和後記裡重複說，渡邊泰子的生涯叫他發情。她白天做一本正經的研究員，晚上做放蕩下賤的妓女，所墮落的程度超過物極必反的分水嶺，使她形象上升到聖女級。顯而易見，佐野眞一對女性充滿偏見。我覺得，桐野夏生由女性推理小說家的角度重新檢討渡邊泰子案，的確是件快事。

《醜怪》的主要講述者是三十九歲的地方機關臨時職工，曾在中學時候，跟謀殺案受害者「佐藤和子」做過同班同學。在小說裡，她沒有名字，因為從小長得不起眼，別人都不記得她叫甚麼。相比之下，小一歲的妹妹百合子，給大家的印象非常深刻。她是個超級美女，從小討人喜歡，很早就開始賣淫，最後跟「佐藤和子」一樣淪落為野雞而被嫖客殺掉。三個女人曾上的Q學院是私立名校，學生多半為有錢人的兒女，很有貴族學校的氣氛，對於中下階層出身的學生來說，簡直跟地獄一般。漂亮的百合子還行，身邊總不缺乏崇拜者；至於不起眼的兩個，自尊心受打擊的程度，可說是致命性的。小說包括百合子的日記以及嫌疑犯大陸偷渡客張哲鐘寫的呈文等。其中，最精采的無疑是倒數第二章，「佐藤和子」本人的札記。

桐野夏生把她描繪為早就失去了心理平衡的幽靈。從小好學、敬愛父親的女孩，考上Q學院以後，不久得了厭食症。父親告訴她只要努力未來一定會美好，但是校內現實正相反，長相和出身階級都是無法改變的既定條件。父親去世後，她得養家，於是任職

於父親曾工作的大企業，轉眼之間，成了枯燥孤獨的老處女。誰也不知道她到底甚麼時候開始發瘋。總之，令報導作家發情的雙重身分是明顯的病症。在沒有經濟壓力的情況下，主動做妓女，尤其野雞，只能說是自我懲罰、自我毀滅的捷徑。最近的大腦研究表示，有些精神病人通過自傷行為確實得到暫時的心理平安，例如社會上越來越多的切割手腕者。女主角「佐藤和子」走的是最極端的一條路：在灰塵積累的空房裡，跟陌生人性交後被勒死。

《醜怪》不愧為黑暗小說女王的作品，到了最後都看不到任何光明。但是，桐野夏生的文筆似乎演奏獻給受害者的安魂曲。畢竟，理解是悼念死者最誠懇的方法。

江戶之戀

有一次，朋友送給我一套老漫畫，是杉浦日向子畫的《百日紅》。如今她是江戶時代風俗習慣的專家，每週在NHK電視台的歷史喜劇節目裡當解說員，最初倒是畫漫畫的。

《百日紅》亦以舊時江戶（現時東京）為背景，描繪當年老百姓的日常生活。我平時不看漫畫。那一次，本來也不怎麼熱心地，躺在床上翻一翻而已。誰料到，有個段落緊緊抓住了我的好奇心。

那一段的主人翁是年輕女孩子，還不到二十歲的商人女兒。有一天發生的小事件使她非常不高興。為了解悶，她去附近的公共浴池，不僅洗澡，而且要找個男娼玩一下的。

杉浦日向子對江戶城的風俗習慣很有研究，《百日紅》也應該基於史實的。我之前沒聽說過兩、三百年前在日本最大城市，花錢買性服務根本不是男人的專利，而是連普通女孩子都敢做的事情。我們習慣性

地以為，從前人的生活比現在落後、不自由；其實，大錯特錯。

在多數日本人的印象中，一八六八年的明治維新是人們生活「文明開化」的轉機。之前，長達兩百六十多年的江戶（德川幕府）時代，根據歷史教科書是「封建社會」；少數武士統治多數農民，工商業人士則遭歧視。好像當年日本社會一面漆黑，沒甚麼好玩似的。直到最近，才開始出現一批新世代歷史學家，陸續發掘以前不受重視的生活細節。原來，從前人的生活是滿豐富多采的。

法政大學文學教授田中優子，可以說是學術界的杉浦日向子。關於江戶文化，她發表過很多論文，專著也可不少。其中，最令我吃驚的是《張形——江戶女人的性》。「張形」是男性器官的模型，女人手淫時候用的。《張形——江戶女人的性》不僅講述十七到十九世紀，日本大城市女人獨立、主動、充實的性生活，而且收錄著不少「張形」照片當證據。

誰說過去的日本女人文靜、貞淑、被動？實際上，江戶女人嫖男娼，也用工具手淫，比現代女人屬

害得多呢。然而，那些女性風俗習慣，給明治維新以後的男性歷史學家一筆勾消（恐怕是不符合軍國主義情緒的緣故），直到二十世紀末，女性寫作勃興後，重新給發掘出來，讓我們大開眼界了。真不知，女人用「張形」安慰自己的習慣，到底甚麼時候從東瀛消失的？如今大部分日本人只聽說過其名稱，沒看過實物。

　　田中優子最近由集英社問世的新作《江戶之戀》，雖然是才六萬字左右的小書，而且是普及性出版物，但從很多不同的角度討論江戶的戀愛，讓我們又一次大開眼界。

　　「戀愛樣板」、「初戀」、「情書」、「情侶的空間」、「戀愛與性愛」、「殉情」、「同性戀」、「夫妻」、「離婚」、「妒忌與爭吵」、「晚年・死亡・戀愛」。《江戶之戀》總共有十一章，十一個大題目，史料主要是當時流行的小說、劇本等。其中，井原西鶴的小說《好色一代男》、《好色五人女》頗重要；木偶劇作家近松門左衛門以殉情為主題的作品也常給引用。另外，山東京傳的幽默漫畫《黃表紙》非常有

趣。（在日本，連大人都愛看漫畫，並不是最近才開始的現象。）

看《江戶之戀》，我印象最深刻的是，江戶人的戀愛意識相當開放、自由。

《好色一代男》的主人翁世之介，七歲就開始勾引女傭人，父母發現後覺得非常高興，因爲那表示兒子很健康。對江戶人來說，戀愛和性愛，本來就是不可分開的一回事；不像現代人，往往分開兩者，而把戀愛當作高級，把性愛當作低級的事情。

雖然從武士階級到商人、農民，都有感情生活，但是在江戶城，「遊郭」即花街柳巷，才是最重要的戀愛場地。「遊女」是職業談戀愛的女人，在化妝打扮、說話舉止、彈琴唱歌、作詩寫信等各方面，均有高人一等的能力，絕不是單純賣笑的。江戶男人去「遊郭」，每次一定找同一個「遊女」，培養跟她之間的感情。若要分手換對象的話，非得按照慣例辦手續不可的。

「遊郭」成爲最重要的戀愛場地，主要是戀愛結婚沒有盛行的緣故。田中教授重複地說，江戶時代的

結婚是爲了生活，跟戀愛沒有關係的。這一點，我們實在難想像。不分開戀愛和性愛的江戶人，卻分開戀愛和結婚。但是，當年，爲了愛情結婚確實是被人嘲笑的事情。爲了生活而結合的夫妻，婚後都保持了各自的財產。萬一離婚，那麼妻子結婚時帶來的嫁妝，她有權全帶走，丈夫應該還給她。這樣子，婦女的權利受到一定的保護。

田中優子說，日本電視台拍歷史劇的時候，從來不談到著名人物之間的同性戀關係，是太片面了。在江戶男人之間，同性戀跟異性戀一樣常見。少男和年長的男性、女性，都可以談戀愛。

不過，《江戶之戀》一書，也沒有包括「張形」、男娼等現象。除了小書篇幅有限外，以大眾爲對象的啓蒙性書籍上，恐怕不大方便公開談女人性生活的。在這一點上，現代日本人的性意識，明顯落後於江戶人。

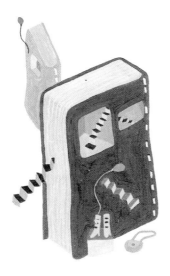

東京文人美食家

　　《東京人》雜誌二○○三年一月號的封面專題是「文士邊吃邊走」。我在報紙上一看到廣告就跑去書店買了。

　　「文士」這個日語詞兒指的是「小說家」，曾經很流行，最近二十年卻很少有人用了。記得我讀大學的時候，媒體上常有「某某是最後一個文士」那樣的說法。「文士」不僅是「小說家」，而且屬於特定的年代，擁有特定的風格。可以說，「文士」屬於二十世紀，如今聽起來，很有懷舊的味道了。

　　其實，《東京人》這份雜誌本身都充滿著懷舊的味道。當初，它是東京市政府的刊物，後來翻身為民辦雜誌了。三個編輯委員：川本三郎、森眞由美、陣內秀信均是五十歲上下的「東京學」專家。川本是新聞記者出身的文學評論家，森是社區雜誌《谷中‧根岸‧千馱木》的發行人，陣內則是都市規劃專家。城市學本來就是跟歷史學分不開，三個編輯委員從各自

的角度都主張保存古老的東京。他們共同想出來的專題，自然經常具有懷舊性質。例如：二〇〇二年二月號的「東京老車站」、九月號的「東京昭和建築史」等，都很有吸引力。

不過，我一看廣告就跑到書店去，過去一年來，這回才是第一次。「文士」和「吃」兩個主題加在一起，並且放在「東京」這可愛的背景上，我就無法抗拒了。

對不少人來說，看小說最大的樂趣是慢慢品嘗關於食物的記述。最近，嵐山光三郎的《文人惡食》序篇《文人暴食》出版，山本容朗寫的《文人有食》也問世了。大家重複地翻開過去的小說而重讀文中描述飲食的部分。說不定，在人的大腦裡，欣賞美文的地方和享受美味的地方是相鄰接的。

話歸正傳，「文士邊吃邊走」專題的開頭有殿山泰司（一九一五——一九八九）的照片。看過大島渚拍的性愛經典作品「感官世界」的人也許記得影片開始時出現的禿頭矮個子。那就是殿山泰司。他不僅是著名的配角演員，而且是散文家和銀座關東煮店「御

多幸」老闆的長子。終生喜愛爵士樂和探案小說，晚年都天天穿著牛仔褲，戴太陽眼鏡，性格演員殿山泰司的真面貌是瀟灑至極的都會人。那風格顯然符合《東京人》編輯委員心目中的「文士」。在專題中，得過直木獎的小說家長部日出雄訪問淺草附近，殿山生前常去，也在文章裡常講到的食肆、酒肆。

我一翻頁，一張彩色照片就跳進眼裡來了。竹片長椅上有粉藍、深藍兩色的陶瓷碗，裝滿著黑豆和冰塊般透明的東西。旁邊有白色小容器，裡頭的液體又黑油油，看來是紅糖漿。轉移視線看附文，我猛地拍了一下大腿。原來，梅村的「豆寒」是這個樣子的。

半月前，我看老作家庄野潤三的隨筆體小說《鶺鴒》，文中就寫著，小說家安岡章太郎給他寄來「淺草梅村的豆寒」。其實，早在二十年前，我心醉的吉行淳之介在散文中講到過安岡推薦「淺草梅村的豆寒」。愛喝酒的日本男人一般不愛吃甜品，何況吉行當年有「銀座帝王」之別名，他例外講到的「豆寒」，給我留下了額外深刻的印象。

日本甜品店常賣的「蜜豆」，由紅豌豆、「寒天」

（瓊脂塊）、米糕和罐裝水果組成，臨吃時再淋紅糖漿。「梅村」的「豆寒」卻只有紅豌豆和「寒天」，味道爽快而討男人喜歡。到底是花街柳巷的點心了。

　　專題裡出現的其他「文士」有歷史小說家池波正太郎、藤澤周平和散文家兼電影導演伊丹十三等。老東京池波正太郎（一九二三——一九九○）直到晚年都常光顧首都各老字號食肆，尤其老派西餐廳，如銀座「煉瓦亭」。他的飲食習慣在《池波家的食桌》、《銀座日記》兩本書裡記錄得清清楚楚。

　　唯一登場於今次專題的女作家是另一個配角演員出身的散文家澤村貞子（一九○八——一九九六）。不過，二十世紀的日本女性享受到的口福沒有男性那麼大。她小時候給兄弟搶了烏賊餅沒吃到，成年後無論多忙都每天給丈夫做了晚飯。寫過《我的食譜日記》等書的澤村，絕對算得上個美食家，然而她和食物的關係，一貫是很被動、無奈的。

　　在專題最後，資深編輯大村彥次郎等三個圈內老年人舉行了座談會，題爲「文壇美食家等級表」。大家一致推舉的「橫綱」是谷崎潤一郎（一八八六——

一九六五）。

　　他生長在東京，中年時期住過橫濱親近了西洋文化，後來卻搬去關西，被京都、大阪、神戶的傳統美味所陶醉的樣子，在長篇小說《細雪》裡描述得令人饞涎欲滴。直到晚年他都沒有失去對食品的強烈興趣與衝動。在《廚房太平記》裡，谷崎回顧家中雇過的眾多女傭，同時回想每一段時間裡吃過的菜餚。獲得文化勳章後，他仍舊每天親自給鮮魚店打電話，跟老闆討論決定當晚要吃甚麼，實在不愧爲日本文壇美食家中的「橫綱」了。

橫寫日文小說

剛開始學中文的時候，翻看大陸的書，我總覺得很彆扭，乃那邊出版的書橫排方塊字的緣故。我從小以爲漢字應該豎寫，只有歐文才會橫寫。在日本，除了數學、科學的課本以外，幾乎沒有橫排書籍。這些年，台灣報紙都出現了橫排版面，我都逐漸習慣從左到右看方塊字文章。不過，最近第一次看橫排日文小說，感覺還是滿奇妙。那本書，就是水村美苗的《私小說 from left to right》。

水村美苗是非常特別的作家；至今只發表過三部小說而獲得了三個文學獎。一九九〇年問世的處女作《續明暗》得了藝術選獎新人賞，二〇〇二年出版的《本格小說》得了讀賣文學獎。《私小說 from left to right》則是獲九五年野間文藝新人作品。記得當時在報章上，很多人談到「歷史上頭一部日英雙語小說」，我有點被嚇壞，於是採取敬而遠之政策，直到去年看了《本格小說》就喜歡得要命，上週在書店門

口發現同一作者的舊作品出了文庫本，乘機買來看了
一下的。

　　明治時代的作家如森鷗外，寫文章時常用了歐文
單詞。在豎排的日語作品裡，忽然出現橫排羅馬字，
讀者只好把書本倒下來看，真是不方便極了。水村美
苗小說裡出現的不僅是英語單詞而且是句子，尤其開
頭的一頁幾乎全是不帶翻譯的純粹英語對話。所以乾
脆把整部作品橫排起來，可以說是合理的選擇。不
過，到底多少日本讀者看明白英文部分，就很難說
了。

　　小說的講述者也叫水村美苗，她的經歷跟作者很
相似：十二歲時候，全家從日本搬去美國，上了東部
名門大學法國文學系，沒讀完研究所以前，父親因糖
尿病失明而進老人院，母親則跟年少的日本男人私奔
去新加坡了。某一年的十二月十三日，恰巧是抵達美
國後整整二十年的紀念日，她跟住在曼哈頓的姐姐奈
苗通幾次電話，要告訴她「我決定回日本」，卻始終
很猶豫。水村家搬去美國，本來是為了父親的工作；
當年的日本人出國機會難得，所以想盡辦法延長在海

外過的日子。表面上看來很順利的美國生活崩潰，是母親私奔以後。她賣掉了房子，處理掉了家具，使得兩個女孩無家可歸。既然沒有了家，還要留在美國嗎？但是，回日本也並沒有家。

《私小說 from left to right》一方面描繪這年十二月十三日，兩姐妹過的具體生活，另一方面回想她們在美國待的二十年。這天，奈苗冒著大雪開車去老人院看父親。美苗則鼓起勇氣打電話給大學，通知年初參加口試後回日本，因為想用日文寫小說。兩姐妹分別為三十四歲和三十二歲，均有過豐富的戀愛經驗，但是都已過去了，目前單獨住在各自的公寓，深感孤獨寂寞。奈苗從小學鋼琴，被未婚夫拋棄而自殺未遂後改行做雕刻家，美苗則是唸完美術學校後上了法國文學系的，兩人事業上都還沒有頭緒。再說，她們越來越強烈地感到，東方人在美國永遠是二等公民。總而言之，在人生路途上，正面臨著迷失危機。雖然長期住在美國，姐妹都始終沒有同化，尤其是美苗，每天下課回家後一定躲在房間裡打開日本文學全集，使全腦充滿過去日本的美麗形象。整篇小說裡最動人的

就是她對日本文學的憧憬。

沒受過日本高等教育而寫出優秀小說，作者的成就實在很大。作品裡，美苗的日記全用英語寫，姐妹間的對話也一半是英語，這反映著美國生活的現實，除非用兩種語言，她們的故事是無法寫下的。然而，那不等於說這部《私小說》完全屬實。姐妹的名字相似是常見的事情，不過她們周圍還有香苗、早苗等人物，似乎代表著人生的多種可能性，使我懷疑也許美苗和奈苗是作者擁有的雙重人格。

聽說，作者今天仍住在美國，一方面教日本文學，一方面寫日文小說。對了。這部作品當初在雜誌上發表時候的全名就叫作《日本近代文學私小說 from left to right 》。

一人百酒

　　吃午飯時，打開電視機，偶爾在NHK教育頻道上看到「歌壇」、「俳壇」。日本傳統詩歌有和歌（短歌）、俳句兩種；前者由「五七五七七」總共三十一個音節組成，後者則是「五七五」十七個音節而已。兩種詩歌至今都很受歡迎，不僅在電視上有專門節目，而且在報紙上、雜誌上都有固定的版面介紹讀者投稿的作品等。如果，俳句的變種川柳（不用「季語」，以滑稽內容為主）也算進去的話，每天總會看到某種傳統詩歌作品的。

　　短短的俳句，只能描繪一個場面，猶如西洋繪畫的速寫一樣。和歌則比較長，能夠表達作者的感情。傳統詩歌的節奏，似乎刻在日本人的文化基因上。前半生跟文學不沾邊的上班族，退休以後往往開始寫詩當愛好。日常活動受限制的年輕母親，亦經常通過這些渠道發洩藝術衝動。有些文人，年邁生病後，最後選擇的創作形式又是和歌、俳句。最近，哲學家鶴見

和子、小說家大庭美奈子等人，患腦溢血不再能執筆後作的詩歌作品，結集出書了。

在這麼個社會環境裡，歌人俵萬智過去十五年一直保持明星般地位，也許一點不奇怪。畢竟，一九八七年，她二十四歲時候問世的處女作《沙拉紀念日》，銷量竟以百萬計，作爲詩集是破天荒的紀錄。書名取自其中一首歌：「這味道不錯，你說。於是七月六日爲沙拉紀念日。」很生動地描繪年輕男女之間的感情，給世人留下了深刻的印象。十年以後，她三十四歲出版的第三本歌集《巧克力革命》反映著作者的生活經驗戀愛關係不再單純健康，好多作品以看不見陽光的婚外情爲主題。

有趣的是，雖然年紀大了，主題也不同了，但是俵萬智的風格卻沒有變。她有一種自然的假天眞。或者說，無論多麼大膽露骨的內容，由她表達出來，結果猶如少女逞強僞惡而已。劇作家塚公平曾把她形容爲栗饅頭。這種橢圓形和果子，燒餅含有白豆沙餡和一粒栗子。不僅俵萬智的面孔看起來像，而且她散發的氣氛──平凡、不刺激、大家的喜好──都確實令

人想到栗饅頭。

前不久，她問世的散文集《百人一酒》，本來連載於《朝日新聞》大阪版。兩年一百多星期，俵萬智寫了關於酒的短文。從清酒、燒酎（日本白酒）、啤酒，到威士忌、葡萄酒、香檳酒，只要是酒，她都很喜歡喝，甚至書中坦白，三歲時喝奶奶做的橙子酒上癮的。怪不得在《沙拉紀念日》裡有一首歌說：「嫁我吧。才喝兩罐酒你就說。不會後悔嗎？」

如今四十歲的單身名女，到各地去嚐名酒名菜的機會很多。她也經常跟一批朋友包住餐廳旅館盡情吃喝到天亮。記得八○年代，當時的紅作家森瑤子常在文章裡講到高級洋酒美味，那氣派，那瀟灑的作風，多麼令人嚮往。相比之下，俵萬智的風格永遠是庶民派。即使她喝光了一瓶幾十萬日圓的法國紅酒，給人的印象好比是小工廠老闆發財後浪費一樣，會目瞪口呆或皺起眉頭，但是絕不至於嚮往憧憬。

書名《百人一酒》是《百人一首》的諧音。十二世紀初的歌人藤原定家編的歌集，由一百人作的一百首歌組成，至今在日本作為遊戲紙牌膾炙人口。俵萬

智的書，其實不如稱作「一人百酒」，文中出現多種
酒，享口福的卻始終是她。

　　事實之奇勝過小說，這位名女為喜歡酒竟當上了
吧女。《百人一酒》卷末幾篇是她在新宿黃金街，叫
KURAKURA 的小酒吧工作的報告。每月三晚，她都
傍晚六點鐘上班，自己去買菜做酒餚，七點開門以
後，單獨站在櫃台裡接待客人到深夜十二點老闆來換
班為止。一小時的工資為一千三百日圓，乘五個小
時，一晚六千五百日圓。但是，下班後，她一定到其
他酒吧坐下來，最終叫計程車回家，於是保證虧本。
這種行為，用日語說是「醉狂」，翻成中文便是鬧著
玩兒。不過，喝過了世界名酒的女歌人回到新宿為客
人攪拌燒酎加熱水，確實滿有意思的。

宿命的越境者

　　日本北海道札幌市，有所大規模公園快要完成，乃原來的垃圾場改天換地而建設的 MOERE 沼澤公園。以三十米高，像金字塔的「遊戲山」為中心，另外包括具備著幾何學形狀玩具的四個遊樂場、野外劇場、滑雪場、戲水區等，規模巨大而設計前衛的這所公園就是日美混血雕刻家野口勇最後的作品。

　　野口勇的名字，在日本，人人所知。很多都市家庭的榻榻米房間裡，都採用日本紙和細竹片製造的燈罩，那就是他設計的。我家也不例外。高層公寓裡唯一的和式空間，想要加添日本的氣氛，到燈具店看了各種燈罩，只有野口勇簽字的「AKARI」系列符合我們的要求：既傳統又摩登。來日本旅遊的各國朋友，若在和式旅館或料理店看到過白紙竹片做的文雅燈籠，那也一定屬於同一系列。過去半世紀，在全世界，總共賣過幾百萬個，而至今供不應求，往往等待幾個星期才能到手的。

　　野口勇在日本很有名的另一個原因，乃他是山口淑子的前夫。她就是戰前在中國大陸走紅的演員李香蘭，回日本後又到好萊塢發展，在那段時間跟野口勇結婚幾年，後來做日本國會議員好幾年。總而言之，大家都聽說過他的名字，但是關於其作品和生平知道得卻甚少，直到旅居美國的報導文學作家 Dousu 昌代寫了完整的傳記《野口勇──宿命的越境者》。

　　野口勇，一九〇四年生於美國洛杉磯。父親是寫英文詩出名的日本文人野口米次郎，母親則是愛爾蘭裔美國人力奧尼·吉爾摩爾。到西方生活好多年，在美國英國兩地文壇都著名的米次郎，用英語寫作時需要有人細心編輯，在紐約擔任那工作的就是力奧尼。兩人同居半年後力奧尼懷孕，然而米次郎不願意娶她，一個人回日本去。野口勇是母親在洛杉磯生下的私生兒。他三歲時，為了迴避美國的排日運動，力奧尼決定帶兒子赴日本。此時，米次郎已有了日本老婆，使得美國來的母子完全孤立。小時候在日本，作為混血兒被欺負的精神創傷，後來很多年治不好。更糟糕的是，他剛滿十三歲那年，母親讓他一個人越洋

到美國求學。本來就被日籍父親拒絕而生於美國的野口勇，這回又被美籍母親放棄而離開日本，從此到八十四歲去世爲止，一輩子過著尋找歸屬的日子。

野口勇在雕刻方面的才能一開始就非凡，二十歲時，在紐約舉辦了第一次的個人展覽會，尤其頭像特別受歡迎，很多名人做了顧客。不過，他眞正想做的是巨大的抽象雕刻，把大地改造成藝術品似的。六十多年後終於在札幌實現的「遊戲山」，其實早在一九三三年成形；作爲他第一個公共空間設計作品，當初是爲紐約中央公園構想的。

一九四〇年左右，野口勇已成爲聞名的藝術家，美日兩國政府都爲了宣傳而要利用他。當時父親米次郎在日本發表支持軍國主義的文章，使他在美國日子不好過。太平洋戰爭一開始，他主動進日籍人士集中營，令美國當局懷疑其動機。戰爭結束後，他作爲美國藝術家訪問日本而引起轟動。曾經拒絕他的祖國，包括已高齡的父親在內，這次放開雙手熱情歡迎他了。後來幾年，他跟日本過了蜜月般親密的日子。和山口淑子結婚，住在著名陶瓷藝術家北大路魯山人家

裡，積極吸收了日本美術傳統。然而，好事多磨，帶妻子回美國的簽證遲遲不批下來。原來，他們倆被美國政府懷疑爲親共分子。政治因素造成夫妻分居很長時間，終於拿到簽證時，感情已經冷卻了。

　　野口勇一輩子只結了一次婚，但是和他談過戀愛的婦人卻數不清。從印度貴族到墨西哥畫家，美國作家到日本學生，美貌的藝術家交過無數個女朋友。八十四歲在紐約去世時，日本還有年輕女人等著他的電話。最後在身邊的倒是多年來做了他經理人的美國婦女。《野口勇——宿命的越境者》的作者認爲，小時候被父母放棄而造成的不安全感，使他一輩子尋找著母性的溫暖，看來是正確的分析。

兩個薩拉

　　如今在海外最有名氣的日本人，大概是指揮家小澤征爾了。二○○二年，他擔任了維也納國立歌劇院的音樂總監。他指揮的「維也納圓舞曲」CD，在日本竟賣了一百萬張以上，作為古典音樂作品，是破天荒的紀錄。

　　有些家庭，不知為何，輩出人才。小澤家就是一個例子。征爾的父親開作是牙醫，戰前到中國東北地區從事政治活動，征爾等四兄弟都出生在大陸。後來，老大克己做了雕刻家，老二俊雄是德國文學家，老三征爾是著名的指揮家，老四幹雄則是演員。他們的母親櫻很有文才，著作有《為北京的藍天——我活過的昭和》。第三代也相當活躍。俊雄的兒子健二是著名歌手。征爾的兒子征悅也是紅演員，做過NHK早晨連續劇「櫻」的配角，也當了年底節目「紅白歌唱大賽」白組啦啦隊長。最近，女兒征良寫的長篇散文《不結束的夏天》一問世就很暢銷，在短短兩個月內

再版六次，銷量已超過十二萬本。

「征良」這名字很特別，顯然取自父親的名字「征爾」，讀音則為英文的「Sarah」，也就是「薩拉」。

她是一九七○年代初，小澤征爾剛結婚在舊金山工作時候出生的。當時，每到七月，他都到麻州 Tanglewood 即波士頓交響樂團夏天的根據地去做事。七三年，正式調職到波士頓以後，全家的暑假都在那美麗的山間小村過了。《不結束的夏天》裡，征良回顧從小在那兒過的很多很多跟童話一般幸福美滿的夏天。

她寫，自從出生，直到二○○二年父親被邀請去維也納為止，沒有一個夏天沒待在 Tanglewood。雖然六歲時候，母親帶她和弟弟搬回日本，開始跟父親分開生活，但是一到夏天，全家就聚在一起了。寬廣草坪上蓋的白色木造房子，外邊有泳池，裡邊有壁爐、閣樓。父親的好朋友，花白頭髮剪成蘑菇型的雕刻家從巴黎飛來陪他們。奶奶、姥姥也輪流地從東京來，還有華裔美籍姐姐看管孩子們，廚房則由華人老太太主管。

夏天的小澤征爾不是嚴肅的指揮家而是她溫柔的父親。晚上小女孩睡不著時，他總是陪她到廚房吃香蕉。有一次她差點淹死時，他著急地把指甲脫落了。《不結束的夏天》裡，連一個不愉快的插曲都沒有。游泳、玩耍、燒烤、派對、冒險，全是令人興奮的快樂記憶。有一個原因，乃平時使她煩惱的老毛病哮喘，在暑假裡從來沒有發作過。

那是她六歲，從波士頓搬回日本上小學以後才患上的。誰也不知，如果在美國待下去，會不會一樣患上了哮喘病。反正，父親認為，既然是日本人，最好在日本文化環境裡，講著日語成長，於是把兩個小孩跟妻子一起送回去的。

小澤征良畢業於東京上智大學比較文化系，後來在紐約大都會歌劇院學導演技術，同時做日本電視台海外節目的主播，並在各雜誌上發表散文，《不結束的夏天》是她第一本書。

已到三十的大姑娘把家人描寫為徹底好人，也把自己孩提形容得無比完美，有些人會受感動，另一些人倒會敗興。我自己則覺得：做世界著名指揮家的女

兒好像不太容易。征良專門談幸福的夏天，令人猜想，其他三個季節她也許不怎麼幸福的。一來有哮喘病，二來有她母親，婚前做模特兒的美女，書中被她形容為「神經質、老過慮」。

如果作者的父親不是著名指揮家，《不結束的夏天》不會成為暢銷書。從這角度來看，《不結束的夏天》也可以說是小澤征爾的作品。而他給文學作品催生，又不是第一次。

加拿大有個作家叫Sarah Sheard。她於一九八五年發表的第一部小說《Almost Japanese》，是圍繞著主人翁對日籍指揮家的戀情。原來，小澤征爾去舊金山以前，從六五年到六九年，曾在多倫多交響樂團擔任音樂總監。加拿大薩拉是當年的鄰居。

《Almost Japanese》是小說，不完全屬實。不過，從十四到十七歲，極為敏感的幾年裡，跟年長的東方指揮家密切來往的加拿大女孩子，事後仍強烈地想念他的故事，應該是根據作者對小澤征爾的真實感情的。當指揮家調職後，她甩不掉對日本事物的憧憬。於是，先在日本食品店工作，後來跟日本青年打

交道。終於有了當地男朋友談到同居，都一定要把室內設計爲日本式而鬧翻。最後積累工錢去日本幾個星期，在京都、奈良觀光以後，到東京去聽他指揮的音樂會。

聽說，在加拿大，還有一個女作家寫過以小澤征爾爲模特兒的作品。也就是說，在那邊生活僅僅四年而兩部小說給催生了。看來，他是特會「inspire（賜給靈感）」周圍人的藝術家。

卷三

時間與文學。

時間與文學

　　大家都忙碌的今天，日本小說卻越來越長。很難想像，從前的作家，如夏目漱石、三島由紀夫等的作品，很多都不到十萬字。今天的作家，至少要寫二十萬字才算一本書了。大眾娛樂小說當中，超過四十萬字的作品不少見。有些更達到一百萬字，分成兩冊也還不夠篇幅，只好上下分兩段印刷，才能容納全部文字。嚴肅文學都有同樣的趨勢。村上春樹的《海邊的卡夫卡》就超過六十萬字，距離二十多年前，那薄薄的處女作《聽風的歌》實在很遠了。日本小說越來越長，一個原因是，這些年，多數作家開始用電腦寫文章了。以前，用手寫字的時候，一天寫了一萬字手腕就開始疼痛了。今天可不同，一天打兩萬字易如反掌。

　　不過，我最近看丸谷才一的長篇小說《輝日宮》而得知，原來日本歷史上頭一部小說《源氏物語》就特別長，超過七十萬字。根據最新的研究，當時的人

寫文章，在一張紙上寫兩百個毛筆字，爲完成七十多萬字的《源氏物語》，作者紫式部竟用了三千六百張紙。但是，公元一千年左右，紙張非常難得，幾乎跟黃金一樣珍貴，因爲日本國立造紙廠的生產量，一年才兩萬張而已。算起來，紫式部一個人消耗了全國產量的五分之一，再加上抄本所需要的紙張，《源氏物語》可說是國家級的項目了。雖說是貴族階級的才女，但是紫式部之所以擁有如此突出的寫作環境，令人猜想她後台特別大。上海出身的比較文學家張競認爲，當時能提供那麼多紙張的人，全日本只有一個，乃政界頭號強人藤原道長。

要以一句話概括《輝日宮》，便是丸谷才一採用張競的觀點而寫的，關於日本文學史的長篇推理小說，主要題目爲時間與文學。

一九二五年出生，六八年獲得了芥川獎的丸谷才一，今年七十八歲，仍然活躍於文壇上，可說是日本最重要的文明評論家之一。小說方面，他每十年發表一部長篇作品。對英國文學造詣特深，本人作品風格相似於毛姆。六月初，四十萬字的《輝日宮》一問

世，很多報紙馬上做了專題報導。四百三十多頁，挺有重量的一本書，售價爲一千八百日圓（約合五百元台幣），我本來就覺得很合理。一開始看，更是好看得手不釋卷。這無疑是今年前半年，我看過的日本小說當中最成功的一本。兩晚後看完時，我非常高興沒有白花錢。在通貨緊縮時代，小說越來越長，說不定反映著像我這種讀者的成本意識。

《輝日宮》的主人翁是女學者杉安佐子。小說主要描述一九八七年到九六年，她二十九歲到三十八歲的日子。早年離過一次婚，單獨住在東京品川公寓的安佐子，這段時間內，一方面發表兩個重要的學說，另一方面跟兩個男人談戀愛。第一個學說涉及到江戶時代的俳句作品集《奧之細道》於一六八九年成立的背景。安佐子反駁學術界的定論而主張，作家松尾芭蕉要悼念整整五百年前，於一一八九年去世的悲劇性英雄源義常。第二個學說，就是關於《源氏物語》，過去一千年一直有人研究而沒得解決的難題：故事裡，特別重要的段落，即主人翁光源氏跟繼母通姦的場面，作者似乎寫過，其章名「輝日宮」也流傳下

來，但是文章倒流失，究竟是怎麼回事？安佐子認
為，從紫式部的處境著想，只會是給她提供紙張的後
台藤原道長，實際上也做情人，他把作品拿去發表之
前，替作者刪掉那一章的。最後，安佐子應出版社之
邀，復原一千年前流失的「輝日宮」。

　　這部小說以通俗小說的形式探討文學史上的大
謎，結果給讀者帶來多層樂趣。在我而言，最重要的
是，重新發現了歷史性視野。前景不明朗的今天，大
家難免悲觀地以為世界越來越糟糕，但是歷史證明事
實並非如此。世界不是越來越好也不是越來越糟糕，
而是有時進步有時退步，曾有過榮華的年代，也經歷
了破壞，今日困境不過是悠久歷史上小小挫折而已。

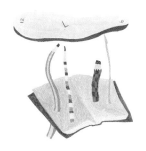

關於圖書館

我所居住的東京都國立市是政府制訂的文教地區。市內有很多所學校而少有工廠。至於酒吧、舞廳、賭博場等大人娛樂場所，更遭法律全面禁止，根本見不到。

一九五〇年代的韓戰時期，曾有不少美國士兵從鄰近立川市的基地出來到國立玩。本來很幽靜的住宅區，開始出現鐘點旅館之類，引起了當地居民的危機感。後來，熱心的居民運動推動東京都政府制訂文教地區條例。至今約半個世紀，能保持良好的環境，乾淨的街頭，實在難能可貴。最近，通稱為「大學通」的林蔭道路邊蓋起的十四層公寓，又遭到強烈反對而鬧到法院，判決竟為：建築公司該拆掉八樓以上，超出行道樹高度的部分。這則新聞登在全國性報紙的頭版上。

住在全國有名的文教地區，並不全是好的。因為工廠少，娛樂場所無，地區政府的稅入相當有限。結

果，居民享受到的福利水平，比鄰近市都低了。

　　比如說，東鄰府中市，既有東芝、SUNTORY的大工廠，也有東京賽馬場；聽說市立小學供應午飯時用的餐具都好高級。又比如說，西鄰立川市，美軍基地撤退後，招引了高島屋、伊勢丹等百貨公司，加上擁有自行車競賽場，因而稅入很豐富。令人羨慕的是，立川建設了特豪華的圖書館，高級得簡直像五星級飯店。

　　公共設施如圖書館，即使不是當地居民也可以自由進去。在裡面，多種報紙、雜誌、參考書，包括外文資料統統都有。但是，如果我想帶回家慢慢看，那不成了，因為非居民在稅入上沒有做出貢獻。我只好回到文教地區國立市去了。

　　我至今忘不了第一次看國立市立中央圖書館時候感到的驚訝。地下一層，地上三層，總共四層樓的水泥立方體，禮貌地說吧，小得真是可親可愛。大概只有立川圖書館的五分之一？十分之一？跟我知道的其他圖書館相比的話，哪個大學的圖書館都比這大得多。綜合大學某一個系的圖書館，也說不定更大。

但是，個人畢竟影響不了市政府的稅入。既來之則安之，後來我也常去這所可愛的圖書館了。尤其是孩子會走路以後，幾乎每星期都到二樓的兒童部門，聽故事去了。

　　近幾年，在日本的幼兒教育界，頗流行所謂「唸聽」，用傳統的說法便是「朗讀」。面對越來越多小學生、中學生不看除了漫畫以外的任何書，教師和圖書館管理員均感到很焦急，施行了大規模調查而發現：還沒識字以前，經常聽大人朗讀的孩子們，長大以後自己看書的頻率較高。這麼一來，全國各地的圖書館都開始每週在固定的時間，請地區的小朋友來聽故事，或聽兒童書的朗讀了。

　　以國立市立中央圖書館為例：每週四下午三點鐘，凡是兩歲以上者均可參加的「圖畫書的時間」，為時大約半個鐘頭，跟著四點鐘有五歲以上者方可參加的「故事的時間」，也大約半個鐘頭。另外，週六上午十一點鐘，亦舉行一次「圖畫書的時間」。

　　稅入有限的文教地區圖書館，自然沒資金從外邊特地邀請專家來，於是在「圖畫書的時間」和「故事

的時間」朗讀或講故事的，除了兒童部門的工作人員以外，就是地區居民做的義工，大多為家庭主婦。她們先參加圖書館舉辦的朗讀員培訓班以後，兩人一夥輪流地來面對一批孩子們。

說實在，那些義工講故事的技巧並不出色，遠遠比不上幼稚園老師的水平。儘管如此，孩子們還是滿熱心地來聽故事。一方面，圖書館做獎勵：參加了十次活動的小朋友，可以拿到獎品。雖說是彩紙、書籤等小東西，但也很令人高興。另一方面，每個孩子都生來喜歡聽故事的。

在家長而言，只要有人代替我們看管孩子，就得謝天謝地了。不少母親們，利用這半個鐘頭盡情聊天、發牢騷。我則孩子一進「故事房」就趕到一樓、地下室去，看看有沒有自己想借的書。

這些年頭，總出版量增加導致了書本壽命縮短，書店門口擺的商品新陳代謝得特別快。結果，報上看到廣告，或讀到書評後，馬上去書店也往往找不到現貨。倘若想買書，通過網路購買容易得很，但是書嘛，最好能事先翻一翻看。還好有國立市立中央圖書

館。雖然這水泥立方體小得可親可愛，但是在新書架子上，經常有我要找的書。借回家翻看後，要是好看而不太貴，我會自己花錢買，例如青木正兒先生寫的《酒餚‧抱樽酒話》。如果要找的是早幾年或更久以前問世的書，恐怕不僅書店，連同出版社也早已沒有了庫存，還是不如去小圖書館找找看。

　　孩子聽完故事出來後，每次借五本圖畫書而放進新幹線花樣的背包裡，自己揹回家去。晚上，洗完澡，睡覺以前，他都請父親唸一本書給他聽，才會安寧進入夢鄉的。

日本人的中國幻想

芥川龍之介有個短篇小說叫做《杜子春》，乃唐代神仙小說《杜子春傳》改寫而成的。那是一九二〇年，作家二十八歲時候的作品。同一年，他也發表了《南京的基督》。二十世紀初在南京，有關日本文人和當地妓女的故事，風格跟《杜子春》截然不同；芥川的中國幻想倒是一貫的。

日本文學界一向有以中國為背景的作品群。尤其在大眾小說中，假設在中國古代的歷史小說很多。目前有一九四五年出生的直木獎得主宮城谷昌光，六四年出生的藤水名子等作家走紅。特別是宮城谷，近幾年發表的作品如《夏姬春秋》、《太公望》、《孟嘗君》、《樂毅》、《子產》個個都暢銷。另外，著名推理小說家北方謙三改寫的《三國志》、《水滸傳》也獲得好評。

中國歷史小說受歡迎，主要因為對日本人而言，中國是既親切又疏遠的國土。過去一千幾百年，一直

受中國文化影響的結果，廣大日本人對中國史相當熟悉了。以古代中國為背景的故事，讀者會容易投入進去。如果假設在西方或其他地方，恐怕太陌生了。當然，日本歷史小說也頗多。只是，日本歷史沒有中國長，而且本國文化始終缺乏異國情調那份香料，總不如中國歷史小說有吸引力。

大多歷史小說家先查資料，找到鮮為人知的段落或人物後，才埋頭執筆。但是，小說畢竟是小說，寫出來的作品到底幾分真幾分假，則很難講了。再說，屬實故事不見得動人。有時候，反而越荒唐的故事越叫人稱好的。

以當代為背景的作品則是另外一回事了。即使是幻想小說，非得有可信的骨架，否則太容易叫人掃興。

前些時，日本很多報紙都稱讚村田喜代子的長篇小說《雲南妻子》。她是寫《鍋之中》獲得了芥川獎的純文學作家，長期居住北九州，被人稱為「鄉土派女卡夫卡」。據報紙書評，《雲南妻子》是兩個女人互相結婚的故事，既不可思議又浪漫性感。加上著名

裝幀家菊地信義設計的書套非常美麗：橙色和綠色的水彩顏色畫出了兩個女人摘茶葉的場面，上邊用紅色墨水印著日語「雲南妻子」四個字。我充滿期待地開始看了，但是無論如何都不能投入進去，因為作者對中國情況太無知！

《雲南妻子》的主角是現在六十多歲，住在九州博多的家庭主婦國宏敦子。二十五年前，她跟著丈夫靖男一起到中國大陸生活過幾年。當時靖男做日本商社駐華人員，先在北京、上海工作，後來被派到雲南去了。一開始，他對當地印花布很感興趣；把手工藝品帶到日本去賣，利潤會很厚。不久，他發現了價值更高但很難入手的商品：陳年茶葉。產在只有少數民族住的高山，除非做他們的親戚，連去喝一口都很困難。正在那個時候，少數民族出身的翻譯英姬出個主意：如果敦子跟她結婚的話，國宏夫妻都算是他們的親戚了。原來，雲南高山的少數民族有女女通婚的風俗。

就這樣，三十幾歲的敦子跟二十多歲的英姬結婚了。本來國宏夫妻兩人住的房子裡，敦子從此有了兩

個臥房；每週三晚陪英姬，接著三晚和靖男過夜，最後一晚則自己休息。英姬說著「我是太太，太太是我，我做你想要的，你做我想要的」誘引敦子做同性戀行為。至於靖男，當初很高興家裡有了兩個女人侍候他。可是，久而久之，他不能不覺得委屈，敦子的身體也開始虛弱。

在後記裡，村田喜代子寫，她聽說在雲南高山真有女女通婚的習慣，而且廣東珠江地區曾有未婚女孩結盟拒婚的歷史。因而她想像出了《雲南妻子》這部小說。沒甚麼不可以，只要她把基本事實寫得準確，讓讀者都自由飛翔到想像空間去的話。可惜，她對中國情況太不了解了。一九七〇年代的雲南，哪裡有少數民族翻譯穿著旗袍跟日本太太參加當地闊人開的茶會去？而那些在場的人全都懂日語，其他雲南漢族卻專門講廣東話？

這讓我想起了獲得了九〇年度芥川獎的辻原登作品《村的名字》。那是日本商社人員橘博到中國湖南省採購藺草的故事。他被帶去的地方，竟叫作桃花縣桃花源村。在那兒待的幾天裡，發生一系列的荒謬事

件。《村的名字》是十足的幻想小說。可是，我看著多次覺得，橘博的經驗跟我一模一樣！中國剛開放不久的年代，在外國人看來荒謬的事情確實非常多，尤其聽不懂當地方言時，好比走進了間諜故事，或者幻想小說一般的。

　　《雲南妻子》的架構本來不差，作者卻把時間選錯了。歷史小說可以荒唐，當代故事可不同。弄錯了太多事實，只能說是作者的怠慢。

日本人與諾貝爾文學獎

　　我小學時候，書架上有一套黃書皮的《世界偉人傳》。除了華盛頓、林肯、甘地等政治人物以外，還有一批科學家，如愛迪生、居里夫人、施韋策博士的傳記。其中有瑞典化學家，是炸藥的發明者。他之所以被列入偉人之內，乃留下遺囑創辦了諾貝爾獎的緣故。

　　那是一九七○年左右，日本在第二次世界大戰中失敗後二十五年，重新登上國際舞台的時候。六四年舉辦東京奧運會，七○年舉行大阪萬國博覽會。文化方面，川端康成於六八年獲得諾貝爾文學獎，給全體日本人帶來了無比歡喜。川端赴斯德哥爾摩得到的獎章，絕不是他一個人的；一億國民共同享受了榮譽，猶如奧運會的金牌一般。我當年剛上小學不久，也清楚地記得社會上充滿的集體幸福感。

　　三十年過去，此間小朋友看的偉人傳裡面，早就沒有了瑞典發明家的生平。這些年頭，日本人對諾貝

爾獎的態度大大改變了。一方面，日本籍得主逐漸增加，至今有了十二名，尤其進入二十一世紀以後，連續三年都獲得了化學獎、物理學獎。雖然每一個得主都依然受到大眾媒體的聚光照明，但是在斯德哥爾摩頒布的獎章多多少少失去了當初的新鮮感。

當川端獲得文學獎的時候，他是第三位日本籍得主；之前只有四九年的湯川秀樹和六五年的朝永振一，均爲物理學專業的象牙塔居民。相比之下，小說家川端康成是大家很熟悉的人物；戰前就開始發表作品，從四九年到六五年一直擔任了日本筆會會長。一八九九年出生的他，十六歲時候，在日記上寫：「總有一天要精通英法德俄等語言，用外語自由自在寫小說。連諾貝爾獎都在我今天的夢想內。」當時，諾貝爾獎成立後僅僅十五年，而文學獎的歷代得主幾乎清一色爲歐洲作家，唯一的例外是一三年的得主，印度籍詩人泰戈爾，但他是用英語寫作的。

日本文學作品的翻譯本在歐美發行，是五〇年代以後才成了氣候的；領先被介紹的就有川端康成、谷崎潤一郎、三島由紀夫等的小說。進入六〇年代，日

本文壇上關於諾貝爾獎的討論相當多；甚至有一次，川端等人組織的「三人委員會」把推薦名單通過駐東京瑞典大使館提交給諾貝爾獎選拔委員會。六七年秋天，有風聞說三島會贏得該年文學獎，結果名落孫山。然而，一年以後發表的得主倒是他的導師川端康成。在家門外接受記者訪問時，年邁七旬的老作家特意提到弟子三島說：「因為他剛四十出頭，還太年輕，這一項獎才輪到我來的。」他顯然認為三島的才華高過自己。誰料到，兩年以後，三島割腹自殺，永遠失去了獲得諾貝爾獎的機會。又過三年，川端也吸煤氣自盡了。

一般認為，在日本，文學失去對廣大社會的影響力，是自三島由紀夫自殺開始的。七〇年左右，社會結構發生根本性轉變，所謂後現代階段到來了。對之後的年輕人來說，漫畫、卡通片等次文化作品的影響力超過小說、電影等舊有的媒體。

九四年，當大江健三郎獲得了諾貝爾文學獎的時候，日本沒有出現六八年那般全國興奮、集體陶醉的場面。甚至有人公開說，大江得獎只不過是翻譯者優

秀的緣故，原文卻是極其不通順的「惡文」。這一方面反映著他作品在日本長期受到的評價；剛登上文壇時候，曾抓住同代人靈魂的名作家，中途改變風格的結果，文筆變得越來越晦澀，導致早期的讀者逐漸對他敬而遠之。另一方面，在後現代社會裡，人們的興趣與口味早已分散，再也不會有個「國民作家」得到大夥的支持。加上人們對西方權威的盲目信仰都褪色了。川端入選時，因為日本美感得到了西方專家的肯定，大家感到很榮幸。可是，五年後的七三年，著名記者本多勝一就批判諾貝爾文學獎為「帝國主義、種族主義獎」，由於歐洲中心主義始終很明顯。到了大江得獎的年代，已有不少人認為由西方人通過翻譯對東方文學作品給以評價，不可能是全面、客觀、公正的過程。

四國山上長大的大江從小就以為：「鄉下人講的方言不夠真，無法表達重要的思想。」於是他要先學好標準日本話，然後「要用真正的語言寫作，經過準確的翻譯，能夠讓哪個國家的人都聽到我要說的話」。跟川端康成一樣，他都是一開始就志願做國際

性作家的。

　　今天，日本小說在海外被介紹的機會可不少了。村上春樹的作品經常刊登於《紐約客》、吉本芭娜娜在義大利擁有十萬個固定讀者、辻仁成的小說在法國得了文學獎。同時，文壇上和社會上，對諾貝爾文學獎的興趣，至少表面上相當淡泊了。過去的日本人拿文學作品跟馬拉松相提並論；似乎一個人的成就會意味著全國人民的勝利。那是小說讀者跟奧運會的電視觀眾一樣多的年代。如今，文學創作已淪落為社會邊緣上的藝術活動，關心文學的人非常少了。在日本年輕人當中，看過川端康成作品的屬於極少數了。相比之下，越來越多人為了消遣而看全球性娛樂作品，如史蒂芬金的恐怖小說或《哈利波特》。聽說，美國有人發起運動要把《哈利波特》作者推薦為諾貝爾文學獎候選人。我相信日本有很多人已經在網路上簽名表示支持了。看來，在全球化的時代，曾代表國際化的諾貝爾文學獎自然會失去原有的意義。

兩個名編輯的傳說

編輯向來是幕後的工作。比如說，《假面的告白》之作者三島由紀夫、《悲器》之作者高橋和巳、《永遠的序章》之作者椎名麟三、《真空地帶》之作者野間宏等，在日本均為人人皆知的名字。但是，那些作品誕生的幕後，其實有過共同的編輯，是他去世以後，才會有人談起的。

二〇〇二年九月二十八日，以八十歲去世的坂本一龜，曾經是河出書房《文藝》雜誌總編輯。戰後日本文學中的傑作，很多是在那份雜誌上，在他直接指導下，首先出現的。據說，當年為了發掘新人，他讓年輕作家寄宿在自己家二樓，並當上文學教練，直到作家寫出像樣的作品而順利登上文壇為止。如今的大作家，很多都曾被他罵為「八格野鹿」，因為文章達不到他所要求的水準。他處理過的稿件，看起來簡直在流血，因為用紅筆無情修改過。

三島由紀夫的成名作品，自傳體小說《假面的告

白》，也是坂本一龜鼓勵他寫的。至今留下年輕的三島給名編輯寫的一封信。文中說：「我將要試圖對自己進行生物解剖。」

位於東京駒場的日本近代文學館，收藏文壇人物的種種紀錄，包括書信和日記。其中有坂本一龜的工作日記。日本文學史上，頗爲重要的多部小說，從構思到寫作、修改、發表的全部過程，都仔細清楚地寫在本子上。從日記看得出來，他也特別關心作家的生活；重複對上司要求經濟上支援奮鬥中的作家。

《文藝》雜誌的極盛期是一九六○年代，文學作品對廣大社會很有影響力的時候。相比之下，如今的日本文壇很不景氣。環視四周都找不到像坂本一龜般充滿激情的小說編輯了。

把全部生命獻給工作的男人，對家人來說，不一定是好丈夫、好父親。被眾多文人愛慕的坂本一龜也不例外。「他始終是畏怖的對象。作爲父親，既不善於愛又不善於被愛的」，音樂家兒子龍一說。以好萊塢影片「末代皇帝」的配樂獲得了葛萊美獎的他，在父親的非宗教性葬禮上彈了鋼琴。以國際級作曲家的

鋼琴曲為背景，死者親友的——包括多數作家——輪流地向祭壇獻了白花。其實，如果兒子不是坂本龍一，二十年前退休的名編輯去世的消息，也許不會受到大眾注目。

自從出道，坂本龍一的文人氣質一直非常明顯，因此有綽號叫「教授」。這幾年，他積極參與反對全球化、環保等國際性運動。美國九一一驚爆發生後，更編了一本書叫《非戰》。東京藝術大學畢業的音樂家對社會問題有如此強烈的興趣，大家本覺得有點意外。這回知道他父親原來是六〇年代的名編輯，才明白其所以然的。再說，報紙訃告附上的坂本一龜照片，都是四十年前拍的，看起來跟坂本龍一今天的面貌，幾乎一模一樣。

跟小說編輯相比，雜誌編輯被人知道的程度較高。畢竟，小說以作家的名義出版，翻來翻去也一般不會有編輯的名字，但是，雜誌版權頁上，一定會有總編輯的姓名。剛刊出第三〇〇紀念號的《生活手冊》雙月刊，自從一九四八年創刊開始，三十年來一直在名編輯花森安治的領導下，樹立了與眾不同的雜誌風

格，發行量一時接近一百萬本。

《生活手冊》最大的特點是不登廣告。日本眾多商業雜誌當中，不靠廣告而完全靠讀者長期生存下來的，只有這一份雜誌。因為不用看廣告主的臉色，雜誌內容能保持客觀。這就是它的第二特點。從五四年的第二十六號起，幾乎每一期都刊登「商品試驗」，即不同公司的同種商品之間做比較調查的結果，在雜誌上公開於世。

五○年代的電熨斗、電鍋，六○年代的吸塵器、電冰箱，七○年代的全自動洗衣機、烘乾機等，每一代的中產階級家庭花盡獎金買的高價電器，《生活手冊》上都刊登過公正比較的結果。試驗徹底的程度，由紀念號重印的一張照片看得出來。那是一九六六年二月，為了在各製造行的烤麵包器之間做比較，編輯部成員烤的總共四萬三千八十八片土司堆滿在倉庫裡的照片。

徹底得接近偏執，無疑反映了活寶總編輯的性格。聽說，花森安治生前愛穿裙子，是個名副其實的「男性歐巴桑」。

沒有廣場的城市

倫敦特拉法加廣場、北京天安門廣場、香港皇后廣場、翡冷翠教會廣場，一講到曾去過的各國城市，我就會自動想起大廣場。

在倫敦，我是個遊客。計程車司機以為容易騙，回飯店的路上，繞了好幾圈。由車窗第三次看到特拉法加廣場時，我終於忍不住地告訴他：「觀光已經夠了。現在請你直接回飯店去。」在北京天安門廣場，我參觀了一九八四年十月一日的大閱兵。在香港皇后廣場，有一次為老兵賣罌粟花向行人募捐過。翡冷翠教會廣場則充滿著蜜月旅行的浪漫回憶。

廣場可以說是城市的心臟，因為廣場是人們互相交流的地方。難怪，歷史上很多大變動都在廣場開始。然而，世界上有一個大城市缺乏這麼重要的地方。那例外，就是東京。

直到最近看《皇居前廣場》，我本人都沒有意識到如此重要的事實。作者原武史一九六二年生於東

京，前幾年評傳《大正天皇》獲得了每日出版文化獎。關於日本近代思想史，他是目前最活躍的學者之一。在新書，探討皇居前廣場歷史的過程中，他指出了當代日本社會缺乏大廣場。於是二○○二年，當日韓兩國共同舉辦世界盃足球賽之際，韓國人民在漢城光化門廣場、市政廳廣場等地方聚在一起給本國隊齊聲助威，而日本人卻只好留在各自的家中孤孤單單看電視。

　　書名《皇居前廣場》指的是，位於日本皇居東南邊，離東京火車站不遠的一塊園地。在廣大草坪上，有橫豎兩條小卵石路，正對面，隔著城河看到皇居內二重橋。經原武史提醒，我才發覺這裡的總面積達四十六萬五千平方米，比世界最大的北京天安門廣場（四十四萬平方米）還要大。然而，今天的皇居前廣場平時看不到人影，只是偶爾有外地旅遊團下車拍照留念而已。雖然名叫廣場，它完全沒有廣場的功能，倒不如說是世界最大的空地。

　　可是，從廣場完成的一八九○年到一九五二年，它曾經是名副其實的廣場。戰爭時期，每逢日軍勝

利，天皇都站在二重橋上，對擠滿了廣場的國民揮手。到了戰後，它卻成了佔日部隊舉行儀式的地方。盟軍最高總司令部位於皇居對面的第一人壽大樓；因而每次有儀式，士兵們都面向總司令部，屁股向皇居的排列。那段時期，日本社會的民主主義氣氛最濃厚。過去的軍國主義象徵，很多人稱之為「人民廣場」；不僅白天經常有左派團體的集會、示威，而且晚上有不少情侶趁黑沉湎於野外性愛。

但是，「人民廣場」時代沒維持多久。一九五二年五月一日，佔領軍撤退後的第一次勞動節，日本歷史上叫作「血色勞動節」，因為參加示威的約六千市民與五千名警察衝突，導致二人死亡，二千三百人受傷了。從此以後，廣場內的政治活動遭法律禁止，皇居前廣場幾乎看不到人影了。

從一九六六年到六八年，法國符號學者巴特（Roland Barth）三次來日本。在七○年問世的《符號之帝國》裡，他拿東京跟歐洲城市做比較說：「這座城市的確有中心，但那中心是空虛的。」歐洲各城市的中心很充實，除了教堂和政府機關以外，一定也有

廣場，它體現的是城市的語言性。巴特的觀察非常準確。皇居前廣場內的政治活動停止後，東京再也沒有了廣大市民能夠聚在一起自由討論的廣場。

原武史注意到皇居前廣場的特殊性：沒有任何建築物、紀念碑之類，完全空落落。偶然走過來的人，絕不會想像到這裡曾經是日本最神聖的場地，最熱鬧的角落。

非語言性是皇居前廣場的特徵，也是東京的特徵。生活在沒有廣場的城市，東京人永遠不會跟旁邊的人搭起話來交換關於任何公共事務意見的。

常識復活

　　二十一世紀的今天，時間似乎已開始倒退。美伊戰爭的血腥場面令人聯想到歐洲第一次世界大戰的慘狀。非典型肺炎流行更彷彿中世紀的鼠疫禍。也許跟這種時代氣氛有關，日本閱讀界最近出現老書復活的趨向。例如，五月的暢銷書單上，有已故作家山口瞳的兩本書：《禮儀作法入門》和《男性自身傑作選》。

　　一九二六年生於東京，九五年去世的山口瞳並不是個文豪。他當初為洋酒公司策劃廣告，後來開始寫散文、小說，五八年以《江分利滿先生的優雅生活》獲得了直木獎，乃日本最重要的大眾文學獎。給人印象最深刻的無疑是六三年起在《週刊新潮》上連載的專欄「男性自身」。直到永眠前一年，他竟寫了三十一年，總共一千六百十四回。

　　山口瞳的文章很平淡；他名字不會出現在日本文學史上。他生前也不是暢銷作家。不過，從威士忌廣

告到雜誌專欄，他的文字陪了日本群眾三十五年之久。當年，很多人買《週刊新潮》，首先打開的就是「男性自身」，並不因為最好看，而是出於習慣。猶如學校、機關的門衛，山口瞳總是在那裡，雖然不是重要人物，但是誰出入都會打招呼，久而久之成為整個機構的象徵一樣，只要有他在一切會好似的。

《禮儀作法入門》初版於一九七五年，七七年出了集英社文庫版，過十三年進入新世紀後翻身為新潮社文庫本，至今重印十四次。到了今年忽然獲得年輕一代白領階級的熱烈支持，一時竟成了暢銷書單第一名。

寫《禮儀作法入門》時，作者四十九歲。作為資深上班族，他給剛就業的晚輩講述初步禮儀。他認為，禮儀的本質是不跟別人添麻煩，為了達到這目的，最重要的前提是身體健康。簡單平凡得好比是老母說話。講到具體問題，這特徵更加明顯。他說：收到了喜宴請帖，應該當天寄出回信；有人生病住院時，最好的慰問品是現金，千萬不要帶水果鮮花去；寫信時，應該把事實寫得具體、易懂；即使薪水不

高，最好穿高質量襪子、襯衫等。諸如此類，總共二十四章全都談生活細節，內容可說是常識。

常識是山口瞳作品的關鍵詞。今年他忽然復活，恐怕是今天二十幾歲，一九八〇年左右出生的一代人，學校畢業開始上班時，沒有人給他們講常識的緣故。他們的父母大多出生於五〇年代，乃《禮儀作法入門》的第一代讀者。過去二十多年，世界環境的變化實在太大，做父母的不敢拿出老套常識講給孩子們聽了。然而，剛踏入社會，誰不需要生活指南針？祖父一代的作家山口瞳曾經很有把握、懇切細緻地敘述常識的《禮儀作法入門》成為新世紀暢銷書的原因就在這裡。

其實，他獲得直木獎的小說《江分利滿先生的優雅生活》，主人翁「江分利滿」的姓名用日語唸下來就是「EVERYMAN」。山口瞳一向為日本普通人寫下普通人的生活。小說主人翁是三十五歲的上班族，有妻子和十歲兒子。他們住在離東京中心區一個多小時，新開發地區川崎市的公司宿舍。戰後十五年，日本人方開始有小資產階級式生活；在小小的院子裡種

玫瑰花、養洋狗，或者買廉價音響機器聽西洋音樂。跟戰後不久比較，無疑好多了。但是，主人翁經常喝很多酒，因為在平靜的表面下，他內心非常痛苦。經過戰敗，他父親精神呈失調，導致全家破產離散的。

　　一九六○、七○年代的日本人，還共有戰爭的記憶，而為同一個目標（國家復興）日日奮鬥的。當時，在媒體上，就有山口瞳用平淡的文筆敘述大家本來知道，但逐漸忘記的事情。今天，日本人普遍茫然，因為丟失了族群的歷史，也找不到集體的方向。山口瞳作品裡忽隱忽現的深刻喪失感，其實今天的讀者都滿熟悉。我們正在經歷著經濟衰退期的寂靜悲哀。

日本人與抽籤

　　一九八九年，東京大學舉行四年一度的校長選舉。第三次投票的結果，兩個候選人的得票數完全一樣。最後根據大學規定進行了抽籤，抓到紅頭鬮兒的有馬朗人當上了新校長。

　　這一則消息，當時日本各家報紙都有報導。畢竟東京大學是全國最高學府，成員的頭腦水準全國最高，按道理應該是理性的象徵，跟古老俗氣的抽籤似乎特別不相配。不過，大家很快就忘記了這件事。後來，有馬朗人上任文部大臣的時候，也好像沒有人提到，當初他是抽籤做的東大校長。

　　歷史學家今谷明卻一直沒有忘記。他猜想，東京大學校長人選由抽籤決定是日本傳統的思路至今控制著人們行為的緣故。那思路便是：人智所不能決定的事情，只好委託神的意志，即抽籤。他說，從古代到現在，日本人一直相信抽籤結果為神的意志，因而非服從不可。他最近問世的《抽籤將軍足利義教》探討

十五世紀前半，室町幕府的第六代將軍足利義教由抽籤誕生的過程以及後果。雖說是歷史學研究，爲了解當代日本人的社會心理，這本書提供獨特的視野。

　　根據今谷明所言，古代天皇掌權的時代，都有幾次通過抽籤決定過誰做下一個天皇。到了中世紀，武士將軍的權力逐漸擴大而最後壓倒天皇，實際上相當於日本國王了。足利幕府的第三代將軍義滿引退後，由兒子義持繼承職位做第四代將軍，後來的三十餘年，成功統治了日本。義持本來打算讓兒子義量做第五代將軍，誰料到他上任後不久，年紀輕輕就病死了。而且，還沒來得及決定誰做第六代將軍以前，義持自己都病倒了。在那緊急情況下，義持命令眾閣員共同決定他的繼承者，因爲他自己已經沒有了兒子，四個弟弟都很早出家，對政治完全沒有經驗。將軍弟弟做和尚，本來是爲了事先迴避兄弟間發生權力鬥爭的措施；這回，倒起了反作用：沒有人願意繼承將軍職位。在那困境裡，眾閣員想起來日本傳統的人選方法：抽籤。因爲抽籤結果是神的意志，即使和尚都非得服從。

抽籤是魔術。平時不可知道的神慮，通過特殊程序，會出現於人前，而誰也不能拒絕。被強迫當上了第六代將軍以後的足利義教，為了審判民事刑事糾紛，恢復了古代的神判法「盟神探湯」：燒開水，叫兩個當事人同時把手腕放進去抓住鍋中的石頭，誰受的火傷輕，誰就勝訴。他的政治手段越來越殘暴：院子裡的梅樹枝斷了就殺死園丁，菜餚不好吃就殺死廚師，造成萬人恐怖的社會氣氛，最後給部下暗殺喪命了。

　　《抽籤將軍足利義教》最大的功勞，乃抽籤和「盟神探湯」連起來討論了。看樣子，違背義教的意志，讓他服從抽籤結果做了將軍，是「盟神探湯」所代表的恐怖政治發生的直接原因。這一點，對當代日本人很有啟發性，因為在各種場合，日本人仍然通過抽籤做決定的。比如說，自治會、家長會代表，課外活動幹事等，人們不大願意擔任的公共職務，往往抓鬮兒決定。抽籤結果純屬偶然，對大家平等，於是容易接受？其實恰相反。抓到了空彩的人心裡滿是委屈，其他人則幸災樂禍，氣氛不健康極了。

　　研究當代日本社會結構很有成就的另一位歷史學家阿部謹也曾指出過，僅在聖俗未分的社會裡，人們接受抽籤結果爲神慮的表現。歐洲進入近代後，提倡由魔術的解放，同時開始尊重個人意志。那種根本性轉變在日本似乎沒有發生。雖然表面上很現代化，引進了西方式民主選舉制度，可是最後的決定還是委託神的意志做，即使在最高學府東京大學。

　　生活在日本，我經常覺得個人意志被糟蹋。開會要決定代表時，不通過討論而乾脆抽籤，讓我幾乎感到絕望，因爲個人意志不受尊重。看著《抽籤將軍足利義教》，我重新認識到，研究歷史是分析當代社會很有力的工具，何況在日本這般表面超現代，實爲原始的社會裡。

動物化的日本論壇

　　對每一個人來說，歷史上最重要的年代就是自己曾青春煥發的那幾年？看完東浩紀、笠井潔的往還書信集《在動物化的世界裡》，這個疑問不離開我腦海。

　　東浩紀是當代日本最重要的年輕哲學家、評論家；一九七一年出生，東京大學綜合研究科結業，九九年以《存在論性，郵政性》獲得了 SUNTORY 學藝獎，二〇〇一年問世的長篇評論《動物化的後現代》引起了相當大的反響。他認為：動物和人最大的區別在於動物只有欲求，人則有慾望。欲求是單純，有特定對象的渴望，如空腹，一吃飯就能滿足。相比之下，人的慾望是滿足了欲求也不會消失的。反之，越有越想要。因為人會嫉妒，想擁有別人所擁有的，甚至欲要別人所欲要的。然而，第二次世界大戰結束後，首先在美國出現了大量乖乖的消費者，他們的欲求跟動物一樣單純。跟著，在世紀末的日本，動物化

行為席捲了全國。具體而言，一九九五年是日本社會動物化元年。

　記得那年，在東京地鐵上，大家都玩小型電腦遊戲或傳呼機，很少有人看風景或別人了。到了第二年，具有網路功能的手機開始迅速普及，以前一上車就拿出書本看的日本人，從此一上車就看或寫電子郵件了。逐漸，大家忘記了別人的存在，旁若無人的行為越來越常見：赴約會的年輕女孩，在地鐵上拿出鏡子熱心化妝；約會中的男女，則盡情擁抱接吻。看不見周遭，失去了公共意識，這些人的確像只管滿足自己欲求的動物了。

　《動物化的後現代》令人注目，又一個原因是對日本 OTAKU（御宅）文化進行了哲學性解剖。所謂 OTAKU 是一九六〇年以後出生，八〇年代被注意的一批人。他們熱中於漫畫、卡通片、電腦遊戲等次文化虛構世界，反而對現實沒興趣，因為缺乏運動而普遍肥胖，待人接物時的態度極不自然，用「OTAKU（御宅）」一詞來稱呼對方的。當初，主流社會看不起他們。進入了新世紀後，不僅在亞洲，而且在歐美都

有越來越多人關心日本次文化，終於推動國內學人去研究。但是，老派知識分子對於次文化，根本不知從何著手。這時候，七一年出生的東浩紀颯爽登場，眼明手快地分析了一大堆之前被 OTAKU 壟斷的次文化作品。

　　總而言之，日本有很多人想知道他對目前世界情勢的看法。集英社編輯部決定請他和笠井潔先在網路上交換意見，然後結集出書，本來是很好的主意。笠井潔生於一九四八年，乃比東浩紀大二十三歲的評論家兼小說家，首先寫政治哲學論文登上文壇，然後發表多部幻想、偵探小說，奔波於高文化和次文化，作爲東浩紀對手，似乎是適當的人選。再說，兩人恰好屬於嬰兒潮一代和第二代，討論內容應可包括戰後半世紀的思想潮流。

　　誰料到，網路上的公開談話，一開始就不能吻合，半途幾乎決裂，最後各寫自言自語式文章結束了。東浩紀在第一封信裡，就提到：九一一以後，文學和思想到底還有力量去對付現實嗎？他認爲，世界的變化實在太大太快，不可能用過去的詞彙去討論今

天的課題，結果日本多數文人簡直患上了失語症，只好保持沉默了。這無疑是非常重要的問題。但是，笠井潔的回信不直接討論目前的情勢，而談到六〇年代末期做新左派分子的經歷，以及七〇年代初的挫折。當年他二十歲左右，心靈上受的衝擊非常大。結果，進入了後現代化的八〇年代，雖然寫小說很出名，但是自我感覺上跟死亡一般。他說，自己一代人的「失語症」，其實早在七〇年代初開始的。這樣的回答絕不能滿足東浩紀。因為他在八〇年代長大，非得檢討那輕浮的幾年對目前日本的影響不可的。

　　有一點很清楚。不管今天的危機起始於甚麼時候，為了討論二十一世紀的問題，一定需要新的一套詞彙。還有一點，在日本，論壇的新陳代謝正在進行中。

難以成熟的時代

　　一九九四年，我住在香港北角渣華道。晚上一個人睡的摺床邊，總有兩本日語書：江國香織的短篇小說集《於冰涼的夜晚》和谷村志穗的報導文學《也許不結婚症候群》。她們都是跟我差不多歲數的女作家。雖然我在海外漂泊過日子，然而對這兩位的作品還是很有共鳴。她們當時的主要題目是：單身女性一個人在大都會住，擁有一定的工作地位和獨立生活能力後，似乎不需要結婚了。

　　在日本，女性大量出社會做事是一九八〇年代以後的事情。從前也有職業女性，但是升級機會非常有限，一般到了結婚年齡就被強迫退休，除了學校老師等少數例外，沒有多少女性工作了一輩子。一九八五年，男女雇傭平等法施行以後，情況徹底改變了。時逢日本空前發達的泡沫經濟時期，學校剛畢業的女孩子每年兩次拿到的獎金都相當可觀，買名牌貨、去海外旅遊易如反掌，做了幾年工，連房子都買得起了。

在那麼個時代環境裡，日本歷史上頭一次出現一批年輕女性說：我也許不結婚了。

對老一輩日本人來說，結婚往往不是自我選擇的結果。尤其是第二次世界大戰結束後，大家貧窮的年代，為了生活，很多人非結婚不可的。因為房子小，長大的孩子最好早點獨立，但是一個人生活的經濟負擔又太大，一對男女結合是最好的解決法。從他們來看，景氣極好的八○年代末，忽然出現的一批闊小姐竟然公開說「我也許不結婚了」簡直豈有此理，反感至極。何況在谷村志穗的文章裡，作者代表同一代女性的心裡話說：我不要生孩子，因為我想自私任性地過日子，絕對受不了生活中出現個別人比我還要自私任性，即使那別人是自己的孩子。

當年在香港，我身邊的日本朋友們，雖然都過了三十歲，卻一個也沒有孩子。記得一個男生說：我不要孩子，因為有限的收入全想為自己花。性別不同，基本想法卻跟谷村志穗完全一樣。我們是在輕浮虛誇的八○年代成人的超齡孩子，集體口號是：任性到底！

十年過去，日本從泡沫經濟一下子墜落到大蕭條了。最近，谷村志穗的新書問世，標題叫作《十年後的也許不結婚症候群》。原來，她三十八歲時嫁給比她小十三歲的男性，不久生了個女兒。如今做了母親作家的她，往籃子裡放進嬰兒，去訪問十年沒見面的老朋友們。她身邊是穿著GAP童裝的小女兒，老朋友懷裡也往往有孩子了。

當年的谷村志穗，每次出去採訪都自己開一輛叫「路星」的車，甚至把它當寵物或夥伴，讓我聯想到小時候看的卡通片裡，騎著摩托車在空中飛跑的小英雄。是的，當年的年輕職業女性個個都很有少男的氣質。

曾經說「我也許不結婚了」的泡沫小姐們，在過去十年裡，大多結了婚。轉變是怎麼來的呢？在新書中，作者吐露當年沒能寫的祕密：她談了長達九年的婚外情。原來，日本社會空前發達，大量闊小姐誕生的泡沫經濟時期，也是婚外情空前流行的年代，因為口袋裡有些閒錢的有婦之夫，認識到自己買得起房子的職業女性，保持幾年的祕密關係容易得很。當時，

她們說「我也許不結婚了」的一個原因，其實就是情人早已有妻室的。從不倫關係掙扎出來後，很多人馬上嫁給老實人，同時放棄職業，心甘情願地當上家庭主婦，好比從此做了新的一個人。

在谷村志穗重新訪問的老朋友當中，有人經過結婚和離婚，沒有生小孩而一直工作，她如今職位和收入都滿高，加上不停地談戀愛，卻說：「總不能感到滿意，始終覺得好像還有甚麼好東西我沒得到似的。」只有她一個人仍然保持著跟泡沫經濟時代一樣的人生觀。

從前人的生活道路沒有多少選擇，但是社會環境使他們自然地成熟了。今天我們的生活道路選擇可多，然而成熟為大人卻很不容易。成熟的定義會很多，其中一個就是達到「知足者常樂」的境地吧。

001 成長是唯一的希望
◎吳淡如　定價200元

吳淡如第一本自我成長的私密散文，每一次都勇敢打破別人說的不可能！

002魔法薩克斯風
◎高培華　定價250元

高培華第一本成長故事，人的一輩子都必須認真地做一件事，勇敢不退縮，就會有快樂和成就。薇薇夫人、陳樂融、黃子佼聯合推薦

003玩出真感情
◎曾　玲　定價180元

曾玲的度假小故事，讓你看了喜歡、讀了感動；她為你開啟一扇不同視野的度假指南。你從來不知道可以這樣度假。旅遊名作家褚士瑩真情推薦

004吃最幸福
◎梁幼祥　定價199元

62家名店美食指南，豐富導引，梁幼祥真情推薦，26道名菜食譜，彩色照片，簡單作法，人人皆可成為幸福料理人。亞都飯店總裁嚴長壽幸福推薦

005真情故事
◎黃友玲　定價170元

黃友玲的真情故事每一篇都是一顆閃亮的星星，是你人生的最佳方向盤！

006紅膠囊的悲傷1號
◎紅膠囊　定價160元

自由時報花編心聞【L頻道】專欄，圖文書旗手紅膠囊第一本作品。知名漫畫家尤俠、名作家彭樹君、自由時報主編盧郁佳、可樂王強力推薦

007溫柔雙城記
◎張曼娟　定價180元

本書完整呈現張曼娟的千種風情與生活體悟，是一本你不能錯過的精緻生活散文。

008小迷糊鬧海關
◎曾　玲　定價180元

這是一本關於航海故事的書，篇篇精采絕倫，冒險刺激、顛覆秩序的海上生活，等你來書中體驗，挑戰趣味！

009再忙也要去旅行——旅遊英文OK繃
◎鄭開來　特價199元

千萬不要放棄給自己一個長假，隨書附贈實用旅遊英文OK繃+CD，為你的英文隨時補充能量，一切OK! No problem!

010人生踢踏踩
◎李　昕　定價170元

百萬牙醫完整記錄自己人生轉折的心路歷程，李昕與你共勉——人生永遠來得及重新開始！

011願意冒險
◎吳淡如　定價200元

吳淡如記錄生活裡的冒險旅程，每一篇都散發著酸甜苦辣的勇往直前。她做得到你也做得到。

012旋轉花木馬
◎可樂王　定價180元

台灣版的《狗臉的歲月》可樂王自編自導自演。蔡康永、彭樹君等人聯合推薦

013紅膠囊的悲傷 2 號
◎紅膠囊　定價180元

醃製悲傷的高手，收集紅膠囊你千萬不能錯失的最佳圖文讀物。

014勇敢愛自己
◎洪雪珍　定價180元

一本為你找回生命節奏、激勵勇氣性格的生活隨身書，讓你重新發現自己！

015大腳丫驚險記
◎曾　玲　定價180元

曾玲十八般武藝教你在野地裡一樣可以烤五花肉、搖搖雞，教你做竹筒飯、汽水飯、海苔比薩，現代人的野趣與冒險全在這裡。

016這個媽媽很霹靂
◎李　昕　定價180元

李昕從小就是叛逆少女，後來成為霹靂媽媽。懂得如何與孩子談性、談離婚，教女兒跳佛朗明哥舞蹈，如果妳還是傳統的媽媽，必看本書！

017 寫給你的日記　　　　　　　　　　　　　◎鍾文音　定價220元
眞實的日記本，以寂寞爲調味；以相思爲節氣；以自語爲形式，與你終宵共舞，讀出旅者孤獨悲傷的況味。

018 品味基因　　　　　　　　　　　　　　　◎王俠軍　定價220元
一篇篇如詩散文，層層倒回時光隧道裡，懷舊的氣味中嗅聞著一位樂於冒險、勇於嘗試，對空間敏感的小男孩如何在生活軌跡裡，摸索著對美的形成。

019 踩著夢想前進　　　　　　　　　　　　　◎林姬瑩　定價180元
這是一本充滿勇氣與夢想的書，一個南台灣的女子實現單車環遊世界的故事，擁有小王子的純眞及牧羊少年的勇氣，騎著單車、帶著夢想到世界旅行。

021 華滋華斯的庭園　　　　　　◎松山　猛著　邱振瑞譯　定價220元
《華滋華斯的庭園》讓你成爲生活玩家，從享樂中得到自由，如此一來，你無需做任何辯解，當你自然流露出那種氣質，你，肯定是眞正的紳士……

022 華滋華斯的冒險　　　　　　◎寺崎　央著　李俊德譯　定價220元
穿什麼？吃什麼？住哪裡？興趣是什麼？旅行的去處？爲了讓您過更舒適愉快的生活，提供了16則有趣的話題供您做參考。

023 有狗不流淚　　　　　◎理察・托瑞葛羅夏著　李淑眞譯　定價120元
作者理察・托瑞葛羅夏一手絕妙的插畫功不可沒：充分捕捉到狗兒跟人類之間親暱友好的精髓，就像是一頓爲狗兒準備的美味大餐，是愛狗人士必備的一本書！

024 有貓不寂寞　　　　　◎理察・托瑞葛羅夏著　李淑眞譯　定價150元
這是一本使你永遠不會過敏的貓咪書，挑選本書就像挑你最愛的貓咪一樣，絕對讓你會心微笑，愛不釋手！

025 未來11　　　　　　紅膠囊◎作品　張惠菁◎撰文　定價250元
紅膠囊創作了一系列充滿未來風格的圖像，而張惠菁則用文字架構起屬於《未來11》虛擬世界的僞知識，圖像與文字兩種創作互相指涉，開闢出豐富的概念磁場。

026 樂觀者的座右銘　　　　　　　　　　　　◎吳淡如　定價220元
現代人不知該如何面對未來，也不懂如何讓自己活得聰明，超人氣名作家吳淡如在千禧年將公開自己的座右銘。

027 可樂王AD／CD俱樂部　　　　　　　　　◎可樂王　定價269元
屬於可樂式的口吻、可樂式的懷舊氣味，可樂式的思考邏輯，正在蔓延，《可樂王AD／CD俱樂部》偷偷開張了。

028 單車飛起來　　　　　　　　　　◎林姬瑩&江秋萍　定價220元
上天總會適時地安排一些看似無法克服的障礙與困難，卻又往往在最後爲你準備一份特別的禮物，而你必須經歷過程中的掙扎與煎熬，於是當你親自打開它時，才會懂得珍惜。

029 語言讓人更自信　　　　　　　　　　　　◎胡婉玲　定價199元
自傳、語言學習法及勵志哲學觀的混合文體，民視主播胡婉玲記錄個人成長經歷，讓你建立自我信心，學習語言。隨書附贈胡婉玲英文學習大補帖。

030 快樂自己來——生活點子雜貨舖　　　　　◎李性蓁　定價190元
後青春期美少女李性蓁的生活點子雜貨舖創意十足。

031 朵朵小語　　　　　　　　　文◎朵朵　圖◎萬歲少女　定價200元
自由時報花編副刊最受歡迎的專欄集結成書。是心靈的維他命，生活的百憂解。甫上市即榮獲金石堂暢銷書排行榜

032夢酥酥
圖文◎商少真　定價350元　超值價249元

商少真第一本有關於夢的書，華麗而豐富的圖文，絕對讓你愛不釋手，還會尖叫卡哇依！

034涼風的味道
◎紅膠囊　定價250元

是精神的除濕機，也是心靈的洗衣機，紅膠囊以Chill out概念的圖文代表作。

035我看見聲音——王曉書聽不見的故事
圖文◎王曉書　定價230元

一個聽障生勇敢突破障礙與不便，她讓你看見希望的聲音。王曉書第一次用文字和圖畫表達自己的內心世界，是城市中最美麗的聲音。

036朵朵小語 2
文字◎朵朵　圖畫◎萬歲少女　定價200元

生活裡難免有悲傷、憤怒、沮喪、被人誤解的時候……《朵朵小語2》可以是你生活中一把溫暖的熨斗，燙平你心底的寒冷與崎嶇。

037猛趣味
松山　猛◎著　郭清華◎譯　定價250元

好東西一個人不獨享，日本享樂品味專家，松山　猛的《猛趣味》，告訴你享受人生實物的最高境界！擁有品味，就從《猛趣味》開始。

038乘瘋破浪
曾　玲◎著　定價190元

航行在藍色的大海中，傾聽海洋的聲音、感受海洋的味道，雖然是一件再浪漫不過的事，但如果你沒有曾玲刻苦、幽默，化危機為轉機的看家本領，就趕快打開這本書陪曾玲航海去！

040冰箱開門——娃娃的快樂食譜
◎娃　娃著　◎黃仁益攝影　定價250元

如何利用剩餘材料烹調出五星級料理，三分鐘上菜會是個奇蹟嗎？即使沒有烹調經驗的人，都可以按照這本快樂食譜來「辦桌」呢！

041悲傷牛弟
◎朱亞君著　定價200元

《總裁獅子心》、《乞丐囡仔》幕後的推手——朱亞君第一本溫暖人心之作。小野、吳淡如、侯文詠、蔡康永、幾米、阿貴誠摯熱情推薦

042親愛的，我把肚子搞大了
◎于美人著　定價180元

一個急切需要精子的女人，一段克服懷孕症候群初為人母的心情轉折，于美人大膽公開「做人」的酸甜苦辣！

043女主播週記
◎盧秀芳　定價180元

東森新聞主播盧秀芳，當初是「娃娃報新聞」，現在是主播台上資深媒體人，站在新聞工作第一線，越是危險的地方，越要勇敢向前；笑淚縱橫裡，我們看到專業的新聞光芒閃閃發亮。

045朵朵小語——飛翔的心靈
文字◎朵朵　圖畫◎萬歲少女　定價200元

這次朵朵將提供你飛翔心靈的座右銘，帶你一起穿越灰色的雲層，給你力量，為你消除心情障礙，時時刻刻都可以展翅高飛，迎向陽光！

046快樂粉紅豬
◎鍾欣凌　定價200元

流行減肥，注重外表，笑「胖」不笑娼的社會，快樂粉紅豬鍾欣凌，在胖胖的身體裡面，重新找到自我價值的力量！

047擁抱自信人生
◎吳淡如　定價200元

吳淡如將自己坦然誠實的價值觀與人生掙扎的經驗，提供給你希望的目標與立志方向。要求自我長進，別再作繭自縛，擁有自信人生，你才可以盡情享受生命！

048找到勇氣活下去
◎胡曉菁　定價220元

人生曲折翻轉的挫折打擊，一次又一次面臨命運的搏鬥關卡，她活了下來……胡曉菁的解凍人生，一本光照身心靈的見證之書，幫助你找到愛的台階，一步一步站起來、往上爬！

049有時候我們相愛　　　　　　　　　　　◎朱亞君　定價200元
難得一見擲地有聲的愛情散文，教你思索愛是怎麼一回事。朱亞君的愛情私語錄，測量你的幸福方向感，爲你找到愛情純粹的力量！

050我的祕密花園　　　　文字◎李明純　圖◎陳　潼　定價200元
自由時報家庭婦女版生活專欄《我的祕密花園》集結成書，豐富的想像力，讓我們看到一個會呼吸的家。

051有時候懶一點反而好　　　文字◎黃韻玲　圖◎黃韻真　定價180元
黃韻玲從事音樂之路以來首次發表的個人故事，出身大家庭裡的溫馨背景、童年的旺盛表演欲，加上興趣清楚、目標明確，她一心的堅持，就是有時候懶一點，但絕對忠於自己。

052小惡童日記　　　　　　　　　　　　　◎曾　玲　定價200元
如果沒有任天堂、沒有電視機、沒有網路，你的童年會在哪裡？如果只去網咖、漫畫出租店、偶像握手會，你的童年回憶會是什麼？這是一本充滿陽光讓你接近泥土、接近趣味冒險的綠色遊樂場。

053朵朵小語——輕盈的生活　　文字◎朵朵　圖畫◎萬歲少女　定價200元
人生不是短跑競賽，也不是馬拉松比賽，而是穿著適合的鞋，走自己的路！《朵朵小語——輕盈的生活》幫你找到散步人生的方法，創造每一天都是新鮮的深呼吸。

055 為自己的幸福而活　　　　　　　　　　◎褚士瑩　定價200元
本書描繪了在短短十天的航程中，所帶來人生轉變的震撼，其實每個人最重要的，並不是找回過去的自己，而是在人生的段落歸零時，看似絕望的結果中，找到重新開始的契機。

056華西街的一蕊花　　　　　　　　　　　◎李明依　定價220元
李明依勇敢說出受虐的童年、叛逆的青春、婚姻的問題……這不是百集收視率長紅的八點檔，是她最眞實的人生！

057學校好好玩——粉紅豬的快樂學園　　　◎鍾欣凌　定價200元
粉紅豬一舉站上搞怪大本營，每一天都元氣滿滿，找到自信快樂表演……全書讓你大笑，喊讚啦！

058從此我們失去聯絡　　　　　　　　　　◎林明謙　定價200元
如果有一天你和戀人從此失去聯絡，也不要覺得傷痕累累，因爲一定有另一個人保持著愛的能量，等你一起認眞相愛！

060童年往事　　　　　　　　　　　　　　◎李昌民　定價200元
躲了日本軍閥、經歷八年抗戰、活過半世紀，退役上校老兵精神不死，絲絲入扣描寫蘇北老家，沒有悲情鄉愁，只有舊世代的純樸之美，一本讓你讀來窩心，回味無窮的散文小品。

061下一分鐘會更好　　　　　　　　　　　◎聶　雲　定價200元
菁英世代最Young的年輕主持人聶雲經典42招樂透人生座右銘，招招給你最實用的激勵，從生活到學業，從工作到家庭，原來人生的頭彩不在於你擁有什麼，是你相信下一分鐘永遠會更好！

062戀的芬多精　　　　文字◎劉中薇　圖畫◎許書寧　定價200元
自由時報花編副刊繼《朵朵小語》之後超人氣專欄集結成書，愛情之中永遠不曾忘記的竊竊私語，以淚水、純眞，淬煉出一座你我內心專屬的芬芳之園，拿起《戀的芬多精》深呼吸，你會看到永恆的幸福有多深！相愛的夢有多甜！

063朵朵小語——優美的眷戀　　文字◎朵朵　圖畫◎萬歲少女　定價200元
自由時報花編副刊擁有最多讀者的專欄集結成書，在蔚藍的青春天空下，在陰暗的人生暴風雨中，在星星滿天的流淚夜晚，陪著你一起實現自我！

065夢想變成真——舞動奇蹟　　　　　◎劉中薇　定價180元

每個人都會有夢想，一齣戲完成了許多人的夢想，洪嘉鈴、張大鏞、方子萱、陳宇凡等人最真的夢想告白，獻給曾經為夢想努力過的人，獻給正在夢想路上勇往直前的人，獻給尋找夢想的人，獻給已經完成夢想的人……

066醒來後的淚光——李克翰、曹燕婷的反方向人生　◎李克翰、曹燕婷　定價220元

李克翰，叛逆和聰明是他的商標，是青春的舞林高手，後來一場車禍，人生完全逆轉；曹燕婷，三十歲以前她是擁有雙B跑車的年薪百萬的多金女，後來從八樓摔下，人生完全逆轉，從什麼都有到失去一切，從健康的軀到接受殘缺的事實，就算從負分開始起跑，他們仍要活出獨一無二的生命滋味。

067我看見抵擋命運的力量　　　　　◎圖文　余其叡　定價200元

十歲的孩子可以擁有最天真的童年和笑容，但他卻必須面對生病的折磨，他把煎熬化成敏感而細膩的想像，創作一首首感動的小詩，小小的他讓我們看見抵擋命運的力量。 馬英九、李明依、朵朵、王曉書、南方朔等人落淚推薦

68東京時刻八點四十五分　　　　　◎新井一二三　定價200元

女性療傷的題材，出版流行文化，新鮮獵奇小說的引薦……我們讀著與台灣時差一個小時的日本種種，千奇百態的人生故事穿越時空，一篇篇文章咀嚼起來，酸甜苦辣愈來愈有味道。

069在浪漫的時光中　　　　　　　　◎吳淡如　定價220元

豐富的世界在轉動，但是不論走到天涯海角，自在的輕旅行從來沒有改變過。有一天回想起來，才發現每一個走過的地方，都藏著人生階段中不可思議的進步動力！

070勇闖天涯的愛情　　　　　　　　◎曾玲　定價200元

如果喉嚨沒有特殊構造，怎麼學會瑞士德文發音？如果沒有水餃大戰，異國婚姻就少了一味？
如果你不愛河川、動物、植物，在這裡等於沒有夢想……台灣＋瑞士＝曾玲勇闖國際婚姻生活大挑戰！

071元氣地球人　　　　　　　　　　◎褚士瑩　定價220元

出境說日語，入境改講阿拉伯語；早上喝永和豆漿，晚上在新宿西口吃拉麵；護照是他的日記，世界地圖是他的相本；他家在台北在波士頓、在地球的任何角落；人生旅程是一路新鮮出發，一路元氣飽滿……

072朵朵小語——悠然的時光　　◎朵朵文字/萬歲少女畫圖　定價200元

這本書的主題，就是沉浸在深深的寧靜與喜悅裡的那種悠然的心境。這本書是為你而寫的，當你翻開它的時候，希望你也能在書頁裡看見屬於你的青鳥，並且感覺幸福的來臨……

073收信快樂　　　　　　　　　　　◎單承矩　定價230元

《收信快樂》這齣戲2001年演了十場，2002又演了十場，場場爆滿，甚至更有人從第一場看到最後一場……現在劇本忠實呈現，加上劇場演出的音樂，一封封來自青春的信，絕對感動你的心。

074小敏的隨堂筆記　　　　　　◎馬競達‧連松濤　定價220元

小敏是個善變、活潑、開朗又潑辣的十八歲女生，內心充滿著青春的遐想與矛盾，在她的世界裡，只有愛情、愛情和愛情。她的快言快語、粗線條替自己鬧了不少笑話；而她的少女情懷，也讓她的感情世界多采多姿……最嗆電視劇「我的秘密花園」原創故事！

你如何購買大田出版的書？

這裡提供你幾種購書方式，讓你更方便擁有知識的入口。

一、書店購買方式：

你可以直接到全省的連鎖書店或地方書店購買，

而當你在書店找不到我們的書時，請大膽地向店員詢問！

二、信用卡訂閱方式：

你也可以填妥「信用卡訂購單」傳真到 04-23597123

（信用卡訂購單索取專線 04-23595819 轉 231）

三、郵政劃撥方式：

戶名：知己圖書股份有限公司　　帳號：15060393

通訊欄上請填妥叢書編號、書名、定價、總金額。

四、通信購書方式：

填妥訂購人的資料，連同支票一起寄台中市 407 工業 30 路 1 號知己圖書股份有限公司收。

五、購書折扣優惠：

購買單本九折，五本以上八五折，十本以上八折優待，若需要掛號請付掛號費 30 元。

（我們將在接到訂購單後立即處理，你可以在一星期之內收到書。）

六、購書詢問：

非常感謝你對大田出版社的支持，如果有任何購書上的疑問請你直接打

服務專線 04-23595819 或傳真 04-23597123，以及 Email:itmt@ms55.hinet.net

我們將有專人為你提供完善的服務。

大 田 出 版 天 天 陪 你 一 起 讀 好 書 ！

歡迎光臨大田網站 http://www.titan3.com.tw，

可以獲得最新最熱門的新書資訊及作者最新的動態，如果有任何意見，

歡迎寫信與我們聯絡 titan3@ms22.hinet.net。

歡迎光臨納尼亞魔法王國中文官方網站 http://www.titan3.com.tw/narnia

朵朵小語官方網站 http://www.titan3.com.tw/flower

歡迎進入 http://epaper.pchome.com.tw

打入你喜愛的作者名：吳淡如、朵朵、紅膠囊、新井一二三、南方朔，就可以看到他們最新發表的電子報。

國家圖書館出版品預行編目資料

我和閱讀談戀愛／新井一二三著；－－初版.－－臺
北市：大田，民93
　　面；　公分.－－（美麗田；075）
　ISBN 957-455-654-9(平裝)

861.6　　　　　　　　　　　　　　　93005312

美麗田 075

我和閱讀談戀愛
作者：新井一二三
發行人：吳怡芬
出版者：大田出版有限公司
台北市106羅斯福路二段79號4樓之9
E-mail:titan3@ms22.hinet.net
http://www.titan3.com.tw
編輯部專線（02）23696315
傳真（02）23691275
【如果您對本書或本出版公司有任何意見，歡迎來電】
行政院新聞局版台業字第397號
法律顧問：甘龍強律師

總編輯：莊培園
主編：蔡鳳儀
企劃：胡弘一
美術設計：純美術設計
校對：陳佩伶/耿立予/余素維/新井一二三

印刷：耀隆印刷事業股份有限公司
初版：二○○四年（民93）五月三十日
定價：200元

總經銷：知己圖書股份有限公司
（台北公司）台北市106羅斯福路二段79號4樓之9
TEL:(02)23672044‧23672047　FAX:(02)23635741
郵政劃撥：15060393
（台中公司）台中市407工業30路1號
TEL:(04)23595819　FAX:(04)23595493

國際書碼：ISBN 957-455-654-9 / CIP:861.6/93005312
Printed in Taiwan

閱讀是享樂的原貌，閱讀是隨時隨地可以展開的精神冒險。

因為你發現了這本書，所以你閱讀了。我們相信你，肯定有許多想法、感受！

讀　者　回　函

你可能是各種年齡、各種職業、各種學校、各種收入的代表，

這些社會身分雖然不重要，但是，我們希望在下一本書中也能找到你。

名字／_____性別／□女 □男　出生／____ 年 ____月 ____日

教育程度／_____

職業：□ 學生　　　□ 教師　　　□ 內勤職員　　□ 家庭主婦

　　　□ SOHO族　　□ 企業主管　　□ 服務業　　　□ 製造業

　　　□ 醫藥護理　　□ 軍警　　　□ 資訊業　　　□ 銷售業務

　　　□ 其他 _____

E-mail/_____電話/_____

聯絡地址：_____

你如何發現這本書的？　　　　　　　　書名：我和閱讀談戀愛

□書店閒逛時 _____ 書店 □不小心翻到報紙廣告（哪一份報？）_____

□朋友的男朋友（女朋友）灑狗血推薦 □聽到DJ在介紹_____

□其他各種可能性，是編輯沒想到的 _____

你或許常常愛上新的咖啡廣告、新的偶像明星、新的衣服、新的香水……

但是，你怎麼愛上一本新書的？

□我覺得還滿便宜的啦！ □我被內容感動 □我對本書作者的作品有蒐集癖

□我最喜歡有贈品的書 □老實講「貴出版社」的整體包裝還滿 High 的 □以上皆

非 □可能還有其他說法，請告訴我們你的說法

_____

你一定有不同凡響的閱讀嗜好，請告訴我們：

□ 哲學　　　□ 心理學　　□ 宗教　　　□ 自然生態　　□ 流行趨勢　　□ 醫療保健

□ 財經企管　□ 史地　　　□ 傳記　　　□ 文學　　　□ 散文　　　□ 原住民

□ 小說　　　□ 親子叢書　□ 休閒旅遊□ 其他 _____

一切的對談，都希望能夠彼此了解，否則溝通便無意義。

當然，如果你不把意見寄回來，我們也沒「輒」！

但是，都已經這樣掏心掏肺的了，你還在猶豫什麼呢？

請說出對本書的其他意見：

大田出版有限公司編輯部 感謝您！

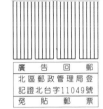

大田出版有限公司　編輯部收

地址：台北市106羅斯福路二段79號4樓之9

電話：（02）23696315-6　　傳真：（02）23691275

E-mail：titan3@ms22.hinet.net

地址：

姓名：

TITAN
大田出版

智　慧　與　美　麗　的　許　諾　之　地